誰のために愛するか

曽野綾子

祥伝社黄金文庫

本書は二〇〇五年九月、小社よりノンセレクト版として刊行された
『誰のために愛するか』を、加筆・修正のうえ文庫化したものです。
なお単行本は、一九七〇年に青春出版社より刊行されました。

文庫版のためのまえがき

小説家というものは、小なる説を描くことを仕事にしている。なかなか良くできた命名である。政治家や学者は、大局を摑《つか》んで判断をしなければならない「大説家」だが、小説家は、身の回りの細々とした些事《さじ》の中から人生を見つけていく。だから「小説家」でいなければならない。一見大局を摑んでものを考える職種の人たちのほうが、高級そうに見えるが、私はそうも思わない。よく土木の現場で働く人たちが「請け負った仕事の工区の隅から隅まで細かい状況を知っていないと適切な工事ができない」ということがある。大局も些事も共に必要なのだ。

私は自分の育った時代、家庭、学校から実に多くのことを学んだ。時代についていえば、十三歳までは戦前と戦中、一九四五年からの十年間は日本がどん底の貧困から再生に向かって歩き出した時だった。全て動乱の時代である。

私の個人生活としては、私は仲の悪い夫婦のもとで育ち、カトリックのシスターたちの元で、天皇を現人神《あらひとがみ》とする戦争中の軍部の思想にも染まらず、しかし、人並みに軍国少女として動員された軍需工場で働き、眼を見張るばかりの戦後の復興を目の当たりにした。アメリカ軍の空襲によって、家も着替えも焼かれ、かつ、当時の日本では、何一つとして被災当日からの助けも国家的保障もない中で、逞《たくま》しく生きてきた同胞の力強さも見た。それら物質的な生きる力と同じくして、私は日々刻々の小さな生活の営みの中で、人間を力づける精神的なものは何かと考えたらしい。その答えは簡単なようでいて実は途方もなく複雑で重かった。いまだに結論が出ないほどの重大な問題である。なぜなら平和というもの一つを取って見ても、平和を心で望み、自分は決して闘争的なことをしないと覚悟しても、平和を守らない人は世界中に常にいくらでもいる。その人たちに対してどう振る舞えば私たちの中の平和への希求は全うさせられるのか。

平和とは誰もが死なないことではない。そんなことはできない場合も多い。時には自分の財産や生命を失って、ようやく守るものであるかもしれない。そこに介在するのが愛である。

この本がはじめて出版されたのは、私が四十歳になる直前である。それから私は倍以上の年月を生きた。それにもかかわらず多分私はまだ確固とした答えを出していない。永遠のテーマの解答は、読者の手に委ねたいと願うのである。

二〇一五年　初夏

曽野綾子

誰のために愛するか――目次

3　彼女に発見がなくなるとき　44

II　この人と結婚すべきだろうか　67

2 もう後へは退《ひ》けないとき 125

3 本当に心から愛せるか 139

3 心の最も弱い部分 184

4 一生の運命の鍵 200

I

愛は何を欲求するか

愛の書簡1 ――惑《まど》うとき

愛が愛として存在するのは、自分が努力してそうなっているのではない。愛したのではない。私たちはそのとき、愛する能力を与えられたのである。　――綾子

恋愛というものは、一時間前までの赤の他人が、一生を命がけで愛しあう二人になることもある。むしろその種の意外さが恋愛の条件であろう。　――朱門

1　どんな人を愛するか

女が、好きになる男

ある先輩の女流作家と座談会でご一緒になったとき、私は、そのかたが言われた言葉に、はっと息をのむ思いであった。

「いい、大島なんか見るとね。私、ああこれを買って、あの人に着せてやりたいと思うの」

私はそのとき、すでに二十代の終わりか、三十代の初めになっていた。それにもかかわらず、私は、男に物を買ってやる趣味などまったくないばかりか、そのような優しさを女が持ち得るなどということを、改めて意識したことさえなかったのである。

鈴木真砂女《まさじょ》さんの俳句に「火蛾《が》舞へり　よき襟《えり》あしを　もてる人」というのが

あり、これは女が、好きな男の襟足《えりあし》に心をひかれる情景であった。この歌にも、男をいとおしむ女の母性の眼差《まなざし》がある。

そう思って考えてみると、恋には、大きく分けて二つの姿がありそうに思える。ひとつは、男を、弟のように、あるいは年若い燕《つばめ》のようにいとおしみ憐《あわ》れむ年上の女型の恋であり、もうひとつは、男をつねにあがめ、その保護のもとにありたいと願う年下の女型の恋なのであった。

こう分けてしまうと、私の友達などは、いつも、その単純さで、私を非難した。

「そんな単純なものじゃないな。女にはどっちの要素もあるのよ」

しかしどの女を見ても、この二つの姿勢は、ほとんど終生変わらないのである。

年上の女型の恋は、男がその弱さを見せるときに開花するのだろうか。病弱であったり、体力的に衰えていたり、失恋、家庭の苦労、貧困、裏切りなどに苦しんでいるとき、女は菩薩《ぼさつ》になるのである。

「いいわよ、私が何とかしてあげる」と女は呟《つぶや》く。

私がこのタイプの女性が好きなのは、彼女らが実に完全に母性になるからである。一見、ヴァンプ型の男まさりの女が、実は内に豊かな母性を秘めていることを知るからである。

しかし残念なことに、私は決して前者に属さなかった。私は小さいときから、父親の庇護《ひご》を充分に受けて育つことができなかった。父は暴力的であり、私にとって恐怖の対象であった。私はいつも父性的な愛に飢えていて、それは、今までのところ、変わらないのである。私のようなタイプは、恋はつねに尊敬から始まらねばならない。体力や知力において、寛大さにおいて、複雑さにおいて尊敬できない男はつまり、男ではないのである。男とは崇《あが》めるものであり、同時に自分は犬のように憐れまれながら、その保護のもとにありたいのである。こんなふうに言えば、前者のタイプに属する女性は、「あーらいやだ。男に憐れまれるのなんて屈辱的だわ。少しおかしいんじゃない」というだろう。確かに分類上、前者は、サディズム的な性格を帯び、後者はマゾヒズム的な傾向を持つ。

本当の愛

男でも女でも、相手の心を知ることは容易なことではない。

日本が戦争に負けたとき、それをきっかけに多くの夫婦が離婚した。それまで、Aさんの「パパとママ」は家紋入りの金縁《きんぶち》のお皿とナイフ、フォークで、給仕頭《きゅうじがしら》とでもいうべき女中のお給仕でご飯を食べていた。しかし、女中という存在もなくなり、銀のナイフも空襲で焼けてしまうと、Aさんのママはヒステリーになり、パパは無能でじじむさく、畑で菜っ葉一枚作れない男であることがわかった。Bさんの「お父さま」は海軍の少将だった。りりしい軍人であった。それが軍服を脱いでヤミ屋になると、チンピラに脅かされてもへいこらするような男になった。Cさんの「お母ちゃま」は男爵の娘だったが、まだ少女のように夢が多い人で、外国の白粉《おしろい》一個くれた米軍の将校が好きになってしまった。

この人たちは、誰もとび抜けて、気が弱い訳でもなく、不誠実な訳でもなく、ただ、そのもっとも弱い部分をお互いに知り合うことなく結婚したのである。もし日本が負けなければ、彼らは決して一生こんな目にあわずに、何とかやって行く人たちだったのである。

私は見合結婚に必ずしも反対ではないが、これを思うと、ホテルや芝居の席で紹介され、その後は、音楽会、映画というようなコースをとって交際をする若い人たちの、つき合い方には、昔から何となく不安を感じていた。たいしたものでなくてもいいから、一組の夫婦ができるまでには「風雪」がいる。結婚を決意するためには、何かに護《まも》られているのではない、苛酷《かこく》な環境が必要である。私は、そのために、娼婦《しょうふ》であった女の、あるいは肉体的に不具である女《ひと》の結婚をもっとも純粋な愛の形だと思ってしまうのである。

そんなときに思い出されるのは、ある大地主の一人息子の話である。彼は大学を出て故郷に帰れば、大きな山林や地域社会における地位や特権の一切を父からもらうはずであった。しかし彼は生まれつき機械をいじるのが好きだった。その頃彼は昔かたぎの親が決して納得しそうにないある女と同棲するようになったのである。彼は東京に居残って、自分で郊外に、小さな自動車修理工場を経営するようになった。

ある日彼の同級生が訪ねて行くと、まもなく、これが問題の夫人だな、と思われる女が、お茶を持ってきてくれた。地主の息子より一つか、二つ年上ではないかと思われる、優しい雰囲気の女だった。

彼女の姿を見ると、彼は、訪ねて来た友人に言った。

「これが女房や。彼女パンパン（娼婦）しとったんや」

お茶を出そうとしている夫人の手は少しもゆるがなかった。それはすべてをあるがままに受け容《い》れられたという女の自信に満ちていた。彼女はそのまま、席に加わって穏かに談笑した。

この相手はどんな人だろうか

私はこの夫婦における信頼を、男と女の結びつきの最も純粋な形だと考える。

人間は本能的に粧《よそお》うものであろう。年をとるに従って、体力や気力が衰えたり、粧うということに対するある種の懐疑が生まれると、粧うことがバカらしくなってくる。しかし若いときには、自分をよく見せようと思う気持ちは、生理的に強い。

その中から真実を見抜かねばならないのである。

デートの約束には遅れず、服の肩にフケなど落ちていたことはない、下宿の部屋は実にきちんと整理整頓されている、という青年は多くの場合、娘の母親から婿候補として好意的な感じで見られるであろう。しかし、娘も又、部屋の隅から隅までが清潔になっていなければ気がすまないというきちょうめんな性格なら、いざ知らず、このような性格の人間はえてして他人にも狭量である。結婚した暁《あかつき》には、亭主関白になり、お湯の温度がちょっと熱くても文句を言い、本棚の隅に埃《ほこり》が残っていたと言ってはどなりつけるような夫になる。

いわゆる不良青年がいる。みずからも女にもてるということに自信を持っており、青春時代には、結婚直前まで行った娘や、深入りした水商売の女がいる。ストリップ劇場も好きだし、他人の奥さんの御機嫌をとり結ぶこともマメである。

こういう青年の中には、全部が全部とは言わないが、大変よい夫になるのがいる。つまり女の心を知りつくしてしまったので、四十位になってから、ついふらふらとした気分になるなどということなどない。女に関しては肥《こ》え過ぎるほど眼が肥えてしまっているのだ。

　こういう不良青年こそ、実は夫として最良なのだが、女出入りの激しい男が、まじめな家庭の夫に向くと思うことは実にむずかしい。

　娘にしたところで同様である。質実で賢そうに見えた娘が計算高いおばさんになったり、礼儀正しく見えた娘が表向きだけちゃんとしていて心の冷たい嫁になったりする。

　だらしのない頭の悪い娘が、陽気な女房になることも多く、友達をいじめてばかりいた娘が、仕事をさせると職場において、なくてはならぬ責任感のある人物になることも多い。

　これらのことを、若いうちに見抜かねばならないのだ。それは決して、結婚を前提とした功利のためばかりではない。人間を見る眼を深めるというのは、多分、その辺からとりかからねばならぬことなのだ。

私はなぜ彼と結婚する気になったか

　私は娘時代に、ボーイフレンドたちと箱根へキャンプに行ったことがある。折あしくその夜、雨が降ってきた。すると一人の青年はレインコートをとり出して着たし、もう一人はシャツを脱いだ。

　この二人は、それぞれにそれらしい出世の仕方をしている。レインコートの青年は、役人として緻密《ちみつ》な仕事をしているし、シャツを脱いだ青年は商社マンになって、アフリカの発展途上国に日本製の自動車を売っている。

　あの箱根の湖畔の夕方の、ひとつの光景は、驚くほどの正確さで二人の青年の未来を暗示した。二人の青年はともに賢かったのである。その先は、どちらの性格を好むかというだけであろう。

　よく言われていることだが、グループの中で見ると人間はよくわかるという。私は満二十歳と一か月になったとき、『新思潮』という同人雑誌に加わって小説を書くようになった。そこで私は、何人かの同人たちが、それぞれに異質の才能を持つことを見つけてびっくりしたのだった。なかには組織的な頭や、苦労人らしい優しさや、文学へのひたむきな信仰や、才気に溢《あふ》れた不良っぽさなどがあって、めいめい作風も生き方もまったく違うくせに、相手の立場をあまりおかさない大人げがあった。

私が結婚することになった三浦朱門《みうらしゅもん》もその中の一人だった。彼とどうして結婚する気になったかと言えば、彼は私に小説の書き方を教えてくれたからであった。私は先に言ったように、尊敬できないと、男の人とつき合っていけない。この第一条件に、彼は当てはまったのである。

ある寒い冬の日に、私たち同人数人はＪＲの電車に乗った。当時の電車は、戦後まだもののない時代でもあったので買い出しの客が大きな荷物を持ち込むし、客は床から脚が浮き上がるほどつめこまれるので、いつもどこか窓ガラスが壊れていた。

私が空《あ》いている座席のひとつを選んで坐《すわ》ると、三浦朱門が意地悪な口調で言った。

「あなたは、いやな人だな」

私はびっくりして、相手の顔を見つめた。

「わざわざ一番寒い風の吹く所へ坐ったら、他の男たちが、居心地悪い思いをするだろうっていうことがわかんないかな」

今度はへらへら笑っている。なるほど、と私は思った。私は幼稚園から修道院の経営する学校で尼さんたちの教育を受けた。先生がいらしたら、とんで行って荷物をお持ちする。バスの中では少しでも自分より体力のなさそうな人には席を譲る。友達が知らずにポケットからハナガミの丸めたのを落したら、すぐ後の人が黙って拾って屑籠《くずかご》へ捨てるという態度をしつけられた。友達が病気になっても、修道院長の誕生日にも、私たちは贈り物として「犠牲」ということをやった。めいめいで自分がしたいと思うこと、食べたいと思うものを断ってそのかわりに特定の相手に幸福が与えられるように祈るのである。

私たちは哲学的にそのような感情の裏づけを授かっていたのではなかった。犬のチンチン、オアズケと同じく習慣としてしつけられたのである。席がいくつか空いていて、「坐りなさい」と言われたとき、私は動物的反応で、ともかく一番寒い風の吹き込む席をとったのである。それが好意に報いる方途だと単純に考えたのだ。

しかし、三浦朱門はそれを、私のエセ・ヒューマニズムと解釈したのである。私の方は素朴《そぼく》にびっくりしてしまった。生まれてこのかた尼さんたちに、「皆さん、自分のことは犠牲にしても、他の方々のしあわせをお祈りになるべきです」

と言われていたのだが、犠牲などしたら、された方に心理的不安を与えることになる、という理論は初めてであった。

それから数日後に、私たちは今度は又、別のことでケンカをした。彼がわざわざ手を上げて停めたタクシーに乗らなかったのである。運転手は果たしてぷりぷりして走り去って行った。

「どうして乗らなかったんですか？」

と私は尋ねた。

「あの車は汚いからです」

「でも、そんなことで、返したらかわいそうだわ」

「僕は運転手の人格をとやかく言った訳じゃありません。あの車は純粋にただ汚かったから乗らなかったまでです」

私はそれでもまだなお、彼を残酷だと言い、ぶつぶつ文句を言った。しかし、家へ帰って考えてみると、私が好きな誠実というものについて、彼は私以上に誠実なような気がした。私の誠実は多分にムード的であった。しかし、彼の誠実は、もっと複雑で厳しそうだった。私がそう言うと、三浦朱門は又、にやりと笑いながら言った。

「僕はウソつきです」

私は単純であったから「自分は嘘つきだ」という人は正直なのだ、と考えた。今ならばもう、こんな手に簡単に乗りはしないけれど、そのときの私は、最低限、この人の誠実さは信頼するに足るものだと考えたのだった。

「……でなければ」という条件

最低限、という考え方は、私の生活の中でいつも深く根をおろしているのだった。キリスト教の殉教者たちは、生活も、恋も、生命も捨てて、最低限、信仰だけを守った。そして私が中学校二年の夏に終わった戦争は、最低限、人間が生き続けるということに偉大な意味があることを教えてくれた。それ以上のものは、あればむろんありがたいが、ないからと言って、あるいは、捨てたからと言って、文句を言うべき筋合のものではなかった。

両親があまり円満でない結婚生活を送っていたということは、世間的に見れば不幸なことである。しかし、私はその結果、決してあまり多くを望まないですむようになった。幸福というものは多分に観念的なものだが、不幸は具体的である。私は父母の結婚生活ではえられなかったものを、はっきりと結婚の相手に望んだ。

母が、父より一分でも遅く家へ帰ることを許されず、娘（私）の遠足につきそってきていても、いつもはらはらしているのを子供心にも見ていたから、寛大な人が第一だと思った。又母は父と話が合わなかったから、話の合う人を望んだ。生まれとか、学歴とか、背の高さなど、どうでもよかった。靴下がくさくても、ダンスができなくても、ハゲでもデブでもよかった。私は男といえば、頭（精神）だけが問題だったから、つまり大脳が歩いているようなもので、他のことは一切どうでもよかったのである（この点については、私の娘時代から今まで、その無趣味であることをたびたび友達から笑われたものである）。

しかし世間の娘たちが考える結婚の条件は「……でなければいい」という形ではなく「……でなければいけない」という形をとるようである。こうなると選択の範囲はずっと狭くなってくる。身長が一七〇センチ以上、大学は××大学、会社は一流などというふうに規定してくると、そういう条件に合う人物はどんどん減ってくる。功利的な言い方をしても、むしろ分《ぶ》はますます悪くなりそうに思える。

2　女が本気で思ってみること

肉体の表現、精神の表現

私は小さいときからカトリックの修道院の経営する学校で育ったから、愛と呼ばれるものを当世風に、肉体的なものが第一だと決して思わないように仕向けられていた。私の周囲には、今の若い人たちが聞いたら笑い出しそうな、しかし美しい話が日常茶飯事のように存在していた。

Ａさんは B青年を好きだったが、B氏が、神父になったので、

「ご自分も修道院にお入りになったのよ」

というような話である。

私はB神父を知らないが、Ａ修道女にはその後何度か会っている。愛する人にふられて、修道院へ入ったという感じではない。あの噂は嘘かも知れない。それ

ほどA修道女は、朗らかで、ややおっちょこちょいで、もしこれが俗人であるなら、さだめし、人の好《よ》い金棒《かなぼう》ひきのおばさんになったろうと思われるような人物である。

肉体のつながりが愛を支えるということは正しいであろう。肉体の愛のない関係は短期間には燃えうるが、長い年月を保たせるには哀《かな》しさも慎ましさも足りない。それは、精神を信じ過ぎているということになる。ローレンスが偉大な作家である証拠は、『チャタレイ夫人の恋人』において、性的不能者になった夫を捨てて、たくましい庭番のメラーズを選んだチャタレイ夫人という、ひとつの凡庸《ぼんよう》なケースを、しかし永遠の真実として描き切ったことだ。しかし私は偉大な作家ではないから、肉体のつながりのない愛も存在しうるという非凡な夫婦を改めて描きたい。

別れた恋人を思い出すたびに、その人のために祈ったという女性を知っている。その女《ひと》は実に十数年も、その人のために祈ったのだった。そして、十何年ぶりで、今はもう妻子もあるその人に会って、

「あまりしょぼくれてんで、何だか気抜けして、祈るのをやめちゃった」

と彼女は言ったのだった。彼女は、主に彼のために、キリスト教徒が神自身から与えられた唯一の偉大な祈禱文《きとう》、「天にましますす、我らの父よ」を祈ることにしていたが、何年も経つうちには、ときにはまちがって、食前の祈りを唱えたりするようになったりしていた。そんな滑稽《こっけい》なことがあったにもかかわらず、彼女はその男のことを思い出すたびに、とにかく反射的に祈ったのである。

恐らく、男の側からみれば、肉体のともなわない精神的愛などというものは認め難いであろう。そして女も、そのほとんどは、肉体的な表現によって愛を継続させる。

愛し合った夫婦の夫が死ぬとき、妻が私は決して再婚しません、と誓う。それでも数年後に彼女が結婚することになるのは、性的な欲求ばかりではない。彼女は肉体的な、というより感覚的な慰め手を求めているのだ。頭が痛いとき、

「薬を飲みなさい」

と持ってきてくれる相手、何かうまくいかないことがあって失望していると

き、

「そういうめぐり合わせになることもあるさ」

と言ってくれる相手を求めるのである。彼女は薬を飲むことも自分でできるのだし、誰に言われなくても、「そういうめぐり合わせになることもあるさ」と自分で考えることもできるのである。しかし、他人（共同生活者）がそう言ってくれることは、実に大きな慰めになる。

肉体的な愛は、このように性《セックス》に始まり、それが広く深くなると次第に、精神的なものと溶け込んで、その境界線はなくなってしまうかのように見える。

性をともなう愛は、表裏がよく合っていて、強力でしかも弾力性に満ち、つじつまが合い、悲しみと偉大さと滑稽さが適当に同居し、まさに人生そのものであるという点で比類なく安定している。しかし、私はそれでもなお、精神だけの愛が、少数ながらあることを認めざるを得ないし、当世風の流行に合わなくても、その一途《いちず》な幼さをいとしいと思うのである。

表現の根源

　昔、私のクラスに一人の美少女が転校してきた。言葉にかすかな訛《なまり》があったので、私は、彼女がおおかた関西からきたんだろう、と考えていた。ところが、廊下で彼女がフランス人の修道女と喋っているのを聞いたとき、びっくりしてしまった。彼女はパリから帰りたてで、日本語より、フランス語のほうがうまかったのである。

　その美少女が、後年、不良青年で有名であった切れ者のT氏と結婚した。その結婚のときには反対者も多かったかも知れない。私が当時T氏をよく知っていたら、やはり忠告したに違いないのである。

「およしなさいよ、あんなの。頭はいいかも知れないけど、ガールフレンドばかり多くて、ろくなことになりゃしないわよ。もっと、田舎風でもいいから誠実な人を選びなさい」

　ともかく、二人は結婚した。私が彼女の夫であるT氏と仕事の上で親しくなったとき、二人はもう四人の子持ちだった。

あるとき、いまだに往年の不良青年風のおもかげを残しているT氏が私に言った。

「うちの女房は、料理とアンマがうまいんだ。僕、毎日うちへ帰ると、四十分ずつ女房にアンマさせるのよ」

うはあ……と私は思った。何たることか。T夫人が賢かったのはフランス語がうまかっただけではないことだ。あのハイカラな少女が、お茶やお花ではなく、アンマの技術を持ち合わせていたとは！　料理とアンマ。この二つがうまい奥さんにつかまったら、いかなる往年の不良青年といえども、もう、女房にがっちりと首っ玉を押えられたも同様だ。

外国映画を見ていると、男女の愛の肉体的表現というのは露骨である。抱擁《ほうよう》、接吻《せっぷん》、

「お前は美しい」

などとたえず女房にお世辞を言うこと。外国には何かそのようなオクメンもな

さを発揮できる土壌がある。

しかし日本人は、恥ずかしくてそんなことができない。今さらみあきた古女房に向かって、

「お前、実に美しいね」

などとは歯がういて言いにくい。少なくとも私がそんなふうに言われたら、これはテキは何か下心があるのではないかと思う。

それより、夫婦の肉体的な愛の表現というものがもしあるとすれば、それはアンマをすることであったり、手の届かない背中のかゆいところを、適確にかいてやることではないかと私は思う。

「もう少し右、もう少し背骨より、そう、もう少し下」

などと言われながら、まるでクレーターだらけの月面のようなうす汚い背中に、ぷつんと腫れている小さなかゆみの根源を探りあて、そこをきゅっと押してもらうと「ああ！　そこだ！」と人間は生き返るのである。いくらバーのホステスが優しいからといって、背中がかゆいときにいちいちシャツを脱いでかいても

らう訳にもいくまい。第一、そうした美しい女性たちの手の爪は長く伸び過ぎていて、虫くいあとをかいてもらうには鋭すぎる。

性そのものも問題だろうが、人間の欲求は、もっと広汎《こうはん》なものである。食べること、眠ること、暑さ寒さに対して……。セックスの満足さえあれば、それで事足れりというのではない。精神的な愛というものは、いわば、そうした（性をふくむ）原始的な共同生活の労《いたわ》りの上になり立つものである。それをなおざりにしていて、精神の愛もあり得ないであろう。

悔やむことのない性

ある女性週刊誌に、「あげてよかった」という連載が出たことがあるらしく、夫の三浦朱門のところへも、又、別の週刊誌から電話で意見を訊《き》いてきた。

「僕はそういうものを読んだことはありませんが《あげて、困った》と言っているなら問題ですが《あげてよかった》と当人が言っているんなら、何も言うことないじゃありませんか。男としてはまったくけっこうな話です」と態度が悪い。

こういう質問が発せられる背景には、《あげてよかった》という言葉の奥に、いわゆる負け惜しみを感じるからであろう。女の側から言えば、当然の反対給付……多くの場合「結婚」……を当てにしていたのに、それがうまくいかないからと言って、自分の見込み違いでしたというのも口惜しく、むりやりに理屈をつけて、《あげてよかった》と言うのだろう、と世間は受けとるのである。

結婚前に性的な関係を持つか持たないか、ということについては、今では、もうそんなことが問題になるのもおかしい、という気風がある。しかし、それには、私の知人のK夫人の話がもっとも適切かも知れない。

K夫人は、戦争中、海軍兵学校出の好きな青年将校がいたが、彼女はまだ十七、八の娘でやや幼かったし、相手は生還できるとも信じられなかったので、お互いに好きだとも言わずに別れてしまった。相手が死んだとき、彼女は死んでしまった人になぜ一言、そう言わず、しかも自分を捧げつくさなかったのかと悔やんだ。彼女は戦前の女性としては情熱的な正直な人であった。

戦争後、官僚の卵であった今の夫のK氏と結婚することになったとき、死んだ青年士官に対するほどの情熱こそなかったが、彼女は二度と同じような悔いを残してはならないと考えた。そして、まだ結婚式もあげないうちに二人は、彼女の父親の山中湖畔の別荘で肉体的に結ばれたのである。K氏の方が彼女に夢中だったのだから、それは自然ななりゆきで、少しも悔やむことはなかったはずであった。

二人はもちろん、まもなく結婚式をあげたし、子供を二人までもうけた。それでもなお、K氏がときどき酒に酔って、言うという話をK夫人から聞かされて、私は、「やれやれ」と思ったものである。

「『お前は、昔からだらしのない女だった』って言うのよ。あんなに俺に簡単に身をまかせた（いやあな言い方ねえ）ところをみると、他の男にも、その点、きっとひどくものわかりがいいんだろう、ですって」

女がひそかに考えること

男が女の処女性を望むということじたい、もはや古典的情熱かも知れない。しかし、今はもうそういう男はいないと決めてかかるのもまちがいであろう。自分のためにだけ生まれてきた娘、というものが男にとって魅力のない訳はない。

しかし一方で自分は初婚なのに子連れの未亡人と結婚する男もいるのである。人間の心の柔軟性は驚くべきもので、そういう場合には、さまざまな転変を経なければ、その女性と自分とはめぐり会えなかったのだというふうに考える。

性にはつまりルールなどないのだが、そのかわり個性的な受けとめ方が必要らしい。「あげてよかった」などと自分に言い訳することはない。第一、あげる、という言葉の連想じたいが卑屈である。女が好きでそうしたのだ。満足である、と心中ひそかに思っていればいい。

私の父母は仲がよくなかったので、私は結婚生活というものを信じられなかったから、娘時代には、かなり進歩的？　な未来を夢みていた。好きな人の子供だけもって生きようと思ったのである。ところが本気で考えてみると、これには、類稀《たぐいま》れな勇気や強さが必要なことがわかった。世間の好奇心に耐え、自分で経済力を持ち、自分の立場を弁解せず、ひがみも、恐れも、他人を頼りもせずに堂々とひとりで生きて行くには、私は少し臆病でめんどうくさがり屋であった。つまり子供だけと暮らすなら、私は一応何でもいいから結婚して、離婚してくるほうが、まだしも世間通りは簡単に思えたのである。

性の解放を実行する女性は、これらのことが全部できる自信がなければならない。現在の結婚制度に反対するなら、男が裏切ったの、子供の責任をとらないのと、怨みごとを言わないことである。解放を認めない人々（そういう保守的な人々はつねに社会にいるのだから）とも戦い続けることである。

3　彼女に発見がなくなるとき

持ち味の使いかた

もうかなり昔のことだが、海岸で、ミス・コンクールをやっていた。

マイクが叫んでいる。

「予選通過の方々は、テントの内側にお集まり下さい」

テントといっても屋根のあるテントではない。幕をはりめぐらした囲いである。美女たちがどやどやと中に入ると、おもしろい光景が見えた。男たちが必死で中を覗くのである。背のびをしたり、破れ目に片目を当てたり……。

裸の（あるいはそれに近い）美女は、必ず瞬間的に男性の注意を惹《ひ》くので、若い娘たちは本能的にそれを知っていて自分が見られる対象になることを好むのだろう。しかしそれは、男が相手を人間として認めているのではない。私たちが動物園に行ってカバの檻《おり》があればかけ寄って覗くであろう、あれと同じ心理である。カバと一生住みたいと思うものもなければ、カバが私たちを理解してくれるとも思わないのである。ただ、おもしろいから、その雄大な鼻の穴とか、餌の食べっぷりとか、寝姿とかを見るのである。

しかし、本当に男の心を捉えようと思うのだったら、女性もカバではなく人間になる他はない。もっとも、男性の心を捉えるにも幾通りかの段階がある。

男に好かれることほど、女の自尊心を満足させるものはないと言うけれど、そうそう、もててみたところで仕方がないのである。異性の心を捉えねばならぬのは、一生で一回か二回でいいのである。その方法はたったひとつしかないのかも知れない。それは相手をできるだけ好意的に理解し、評価することである。

それには普段から、人間に対する興味がなければできることではない。自分にだけしか関心がないようでは、相手にどんな立派さがあるかわかりっこない。

そもそも人間の美点は決して単一ではないのである。学校などでは、きちょうめんで、落し物もせず、宿題も忘れない子供が高く評価される。それに比べて、私の結婚した相手はどうだろう。講演会、原稿の締切り、出版記念会、他人との約束、すべて忘れる。忘れて少しもそれを悪いと思わないらしい。

「僕は二か月経ったら、意味のなくなるようなことは、覚えないようにしているんです」

と平気である。そのかわり読んだ本の必要なことは、決して忘れない。いざというときには、頭の中にしまってあるどの引出しでもさっと開いて、必要なデータをたちどころに集めることができる、と私は評価したのである。

しかし、彼がもし官吏であったら……私は寒気がする。日本の国はもう終わりだ。すべては期日にまに合わない。予算の数字はゼロがひとつ多かったり少なかったり、めちゃくちゃになる。

きちょうめんな人は、それにむいた組織の中では、立派な能力を示し、多くの人間を統率し動かすことができる。その反面、多くの場合、きちょうめんな人は創造的ではあり得ない。そのどちらが上だとか下だとか、ということではないが、人間を見るときに、必ずしもきちょうめんなのがよくて、だらしのないのが悪い、という訳でもないということなのである。むきによって、人間の持ち味はどのような効力も発揮する。

生まれつき知能の遅れた息子を持つ母がいた。息子は気もきかないし計算も確かではない。しかし辛抱はよい。彼は知恵おくれの子供たちのための中学を出ると、デパートの発送係になってもう十年、仕事に不平ひとつ言わずに働いてきた。

「うちの坊やは、本当にいまどき珍しい美徳を持っている。素直で優しくて辛抱強い。勤め先でもうんと大切がられている」

と母親は自信を持って言う。どんな人間にも美点があり、どんな有能な人にも弱点はある。私は道徳的な評価をあまり信じてはいないが、人間が必ずどこかにおもしろい才能を持っているということだけは、否定する訳にはいかない。「あいつはろくでなしで……」という人は、彼の目、彼の信じる生き方、彼の好みと、けなした相手が合わない、というだけのことなのである。

だから、その逆に男性の才能を認めさえすれば、彼は自分を評価してくれる女性とともにいたい、と思うはずである。

愛される気分と心情

好きな相手に必ず自分を好かせる方法はないものか。

百パーセント有効ということはないが、かなりきくやり方は幾つかある。

もしも、あなたが自分を不美人と思い込んでいるようだったら、それだけでもう戦いはかなり有利なのである。つまり美人でつんとすましていたり、かたくなっていたりする娘は、もっとも魅力がないものだから、不美人であると思い込んでいるために、態度が自然で、ひとより一歩下がっているような態度はそれだけで匂やかなのである。

これは好みの問題であるが、私は昔から、一歩控え目ということが好きだった。私自身はコントロールの悪いところがあり、やたらに人見知りするかと思うと、どかどか人の前に立って歩いたりしてしまう。気が短いので、誰かが遠慮したりすると、さっさと目をつぶるような思いで先に立ってしまうのだ。

しかし、人に譲ることをさりげなくできる人が好きだった。そうだ、私の古典的好みから言えば、恋人さえも、ひとに譲ることに耐えるような女が好きだ。

私は（別にこの年になってひとに好かれるためでもないけれど）あまりけばけばしい服装はしないようにしている。若い娘さんだってとくに着飾って美しかったためしはない。皆がふりそでを着るようなときならつけさげか小紋、絞りか綸子《りんず》を着るときには一越縮緬《ひとこしちりめん》か、この頃ではかなり使い方が広くなった紬《つむぎ》などを着る控え目なやり方の方が何となく好きなのである。

外面はともかく、ひとのやり損じた仕事の後片づけをできる人は輝いて見える。この反対に「トクをする方法」という言葉がある。「トクしちゃった」というときに目を輝かせる娘がいる。私はあの心情が嫌いだ。ある人間がトクをしたかどうかは、本当は一生を終わってみなければわからないのだし、多くの場合、品物をタダで手に入れたとか、安く買ったとか、役目をサボったとかいうくらいのことに、そんなに眼を輝かせることもない。あの気分は心情の貧しさをあらわしてしまう。

つまり娘たちは（娘たちばかりでなく男も妻も又そうなのだが）本来の意味でおしゃれでなければ困るのだ。体の清潔と心の高潔である。高潔という言葉はどうも少しひっかかる。もっと何かしっくりした表現はないものか。そうだ、つまり、表向きがどうこうということでもなく、自分だけはあなたたちと違うのよ、とイバることでもなく、ただお金からも、権力からも、名誉からも、ことごとく慎ましく自由に解き放されている、といったそんな状態である。

私は、いわゆる名妓《めいぎ》と言われているような人から、

「やっぱり、いいのは地位とお金と名誉だわよねえ」

などと言われると、正直でいいと思うのだけれど、やはり長時間、この説は正しいと考えていようとすると、だいぶ無理がきてくたびれてしまう。本来ならこういう考えは、世間ずれした男女のものであった。それが今では若い娘さんにまでこのような考え方が入ってきているらしい。

お金をもうけるのは、貧乏（つまり金の欠乏状態）から解放されるためだ。千円を落としたために、動転してしまい、数日間考えごとができなくなった、とい

うような侘《わび》しさから自分を自由にするためだ。出世がいいとすれば、自分はダメな奴だったんだと思うひがみから解き放されるためである。自分に自信のある人ほど威張ることはない。つまりそこでも、人間は自由にふるまえるからである。そして、名誉をも得た方がいいとすれば、それが人間にとって、実は予想外にむなしいものであることを知って本来の慎ましい人間の感覚をとり戻すためである。

さて自由に解き放されているのがいいと言うと、今の若い人たちは、すぐフリーセックスやら、既成道徳（私も本当は道徳という言葉はあまり好きではない）を破壊することなどを考える。しかし、解き放された場合は、自分を律するものが当然あるべきなのである。ただ管理者が自分か他人の考えかというだけの違いなのだ。

おしゃれというのは、どちらかというと損をすることだ、と思ったらいい。人よりも働かせられてしまい、自分が欲しくてもそのことを口にせずじっと我慢し、他人よりつねに目立つことを諦め、他人のしあわせを希《ねが》って自分がどうあるべきか考え、知られても知られなくても、感謝をされてもされなくても、正しいと思うことをやりとげ、見えても見えなくても洗うことなのだ。これらのことができれば、このひとは顔や姿の美醜をこえてひとに愛される。

男が求めつづける女の素顔

女が男に冷たくされるときがある。きざな言い方をすれば、男にとって、もはや彼女に発見がなくなったときである。

結婚式をあげるまでは純潔を、というのは、その最も原始的な知恵であった。そしてこれは今も案外有効な知恵なのかも知れない。もっとも、肉体的な結合が早く欲しいというなら、それは当人の自由である。しかし、それなら他のことで、そのかわりになるものがいる。

じゃあ、洋服を毎日とりかえたらどうだろう。普段ぱっとしなかった娘が、正月に和服を着たら、男の社員がぐっとまいっちゃった、という話だってあるではないか。

それから髪型を変え――いやそうそう変える訳にはいかないからカツラを作るのだ。只今、流行している眼鏡をかけてみる。マニキュアの色を毎日とりかえ、パンツやTシャツの流行を追い、おしとやかなのと露出的なのとを交互にくり返すのだ。

しかし、こんなことは普通の人間にはとても続かない。総理夫人だって、衣裳代が高すぎたと発表されれば、世間は不道徳な女だなどと非難するのである。というのも、男はたいしておしゃれをしないで自分の相手の女性は美しかったんだ、と思いたいのである。大統領夫人なら、年に何万ドルかかろうと一向に差支えないが、これが、もし自分の女房になるかも知れない女であったら、男たちは、女が金力にものをいわせて新しい変化などつけようものなら、とたんにふるえあがる。

それよりも、自分の持ち味を使うことである。私の雑誌の仲間に、

「ボクの女房は、つまりキズモノだったんですよ」

と嬉しそうにいう男がいた。さては彼の夫人は、以前、男関係があったのかと

思いきや彼は、

「うちの奥さんは生まれつき心臓が悪かったのさ」

というのである。それでも子供を二人も生んでいるところをみると、たいしたキズモノでもなかったようだが、彼にしてみれば、あのがっちり女房が、あれで心臓が虚弱だった、などということを知れば、何となく優越感も湧き、新鮮な驚きで、いっそう女房を労《いたわ》らねば、と思うようになるのである。結婚した後でさえ、発見ということはかくも楽しい。

発見されるべきことは、何も高級な劇的な立派なことでなくてもよろしい。私は婚約中に、私が魚を食べるのをじっと見ていた三浦朱門が、

「ニャンニャンと啼《な》き出しそうに食べるなあ」

と感嘆して呟いたのを聞いたことがある。

福井県の港町に生まれた母に育てられて、私は魚が好きである。ことにアラ煮が好きだ。骨の間の小さな肉まで洗ったように食べてしまう。猫の技術に近い。三浦にすれば、近々女房にするつもりの女が、これほど魚の食べ方がうまいとは

思わなかったのである。これは何と評価すべきか。魚を食べるのがうまい女房をもらうと、トクなのかソンなのか。いやこれはあまりにも下らぬことだ。この次には夜中に油を舐《な》めるかも知れない。

しかし大切なのは、その期待である。油を舐めたのを見届ければ男は逃げ出すかも知れないが、自分の恋人や女房がどんな女か見つくしていないと思っているうちは、男は好奇心という、人間本来の興味でついてくるかも知れない。

しかし、肉体も知りました。他のことも全部わかりました。では、他に、生きのいいぴちぴちした、それこそ海のものとも山のものとも知れぬ娘たちが、いるのだ。そちらの方へ新たな探険の旅に出ようとするのも当たり前であろう。

男はつまり永遠に女の素顔を求め続ける。素顔がやっぱりいいや、と思うか、タヌキのような化粧でも、それがなかなかかわいいわいと思えれば、この二人は続いていくのである。

何かに向き合っている女の姿

好きにならせることに比べれば、恋人や夫に嫌われるのは簡単なようだ。ようするに、あわれさのない女になればいいのである。

あわれさという言葉は、日本語として大変に深い陰影にとんでいるが、私は今、いわゆるもののあわれから、本当の憐れみまで、すべてを含めてもいいように思う。

どうしても端正にふるまえない女というものもいるのだ。だらしない格好をしていたり、家中を平気で裸で歩いたり、頬杖《ほおづえ》ついてラーメンをすすったり……決して夫はこういう妻を憎む訳ではないが、こんな女なら、別に気にかけてやらなくてもいいと思うのである。

よその男とすぐなれなれしくなる妻、経済力がありすぎる上、自分の生き方にいささかも疑問や不安を感じられないでいる妻、政治的に発展しすぎる妻、そのどの妻の姿を見ても、彼女らをひとりでほっぽらかしておいても、あわれという感じは湧いてこない。

娘たちの中にもそのようなタイプの人がいる。臆面もなくセックスの話をする。男の気をひきそうな服装。すきだらけの態度。噂話ばかりする。もじもじはっきりしない。あるいは、つんとすましていかにも自分だけは別人種のような顔をする。

こんな娘は、別に特に庇《かば》ってやることもない、と男は考える。好きになるということは、自分の独占的空間の中に引き入れたいということだが、ほっておいてもしゃあしゃあと生きている娘を、何もわざわざ庇ってやることもあるまい。

あわれでないなら、あわれにしてみせればいいのでしょう、と思うかも知れない。外国風に言えばすぐ失心したり、バッタをみてもきゃあと叫ぶようなのを女らしいと信じることだ。しかしそんなことをしてみても、相手が必ずあわれと思ってくれるかどうかは、はなはだ疑問である。蛇や蛙を怖がる人は実際に多いが、きゃあと叫ぶよりも、怖さをじっと我慢している娘の方があわれではないだろうか。

蛇や蛙ばかりではない。耐えることは実に大切なことで、歯をくいしばって何かに向き合っている女の姿は、そのまま、優しさにも勇気にも、誠実にもかよわさにも通じる不思議な顔なのである。

妻が夫の浮気を防止するには、どうしたらいいかという場合にも、同じことが言える。つまり男が家族に或《あ》るあわれみの心を持っていないといけない。俺がいなくなったら、こいつらは、何もやっていけないんだ、という気持ちを起こさせないといけないのである。

「あなたの月給じゃとってもやってけないわよ」

などとつね日頃、女房が夫をいじめていれば、夫は女房をあわれむどころかである。

そうかどっちみち、オレがいたっていなくたっておんなじなんだな。それじゃ○○の×子がこないだ、

「あなたの顔みないと淋しいの。お願いだから又きて」

と言っていたから、あっちへ行ってやろう、ということにもなるであろう。

自分がいることによって女房が嬉々としていないといけないのだ。帰ってくると暗い怨めしい表情の女房がいても辛い。

「今まで、どこへ行ってたの？」

「今日は会社の新入社員の懇親会があってね」

「これで今月は、三日と八日と、十一日、十八日、とに会があったのよ」

何となくぞっとする。オンブお化けがついているような、刑事に見張られているようないやな感じだ。

「あなたがその気ならいいわよ。私も勝手にやるから！」

そうか、それならどうぞ。それならオレは天下晴れて×子と遊べるな。

一刻も早く捨てねばならない愛

いったん、興味を失った女に対して、男は実にさまざまの逃げ口上を言うものらしい。

「この恋を、結婚などという月並みな形で終わらせたくないんだ」

な人間であったかを知り、世の中はつねに善意が通るものではないことを知るのである。

失恋したら、じいっと時の過ぎるのに耐えて、辛くなくなるのを待つ他はない。どんな情熱も十年経つと様相が変わってくる。少なくともその人がいないと、生きていられないような思いは失《う》せている。自分の心が、これほどいい加減なものだったかと思うと夢から醒める思いである。

すべてのものに時期がある

私はおもしろ半分に手相を読むことを習い、その中でもとくに、結婚前の失恋の数だけをみることにしている。私の手相は当たっても当たらなくてもどうでもいいのだから、「僕の初恋は」などという話を聞いた後でも、あなたには、失恋線はでていませんよ、ということもある。

しかし、たいていの人には、一、二本の失恋線と言われているものがあって、その反応が又おもしろいのである。

「そう、よく当たってる。一人は結核で死んじゃった。もう一人は戦死。それで今の主人と結婚したのよ」

という老女に会ったことがある。

手相はいい加減だが、大切なのは、失恋はよかった、と思っている人が多いことである。事実そうなのであろう。あの男、いい人だったけれど、夫にしたらよかったかどうか、と思うのである。夫にしてみれば、答えは歴然と出てしまう。ああ、こんなはずじゃなかった。結婚前はドストエフスキーやサルトルの文学の話などしたのに、結婚したら、もうサルトルのサの字も言いやしない。それどころか、昨日なんか、私がトイレに入っていたら、ペーパーの芯の金物の鳴る音を聞いていて、「おい、花子、お前は紙を使い過ぎる」だって。ケチ。これが私の恋愛の結果だと思うと、ぞっとするわ、ということになるのである。

その点、失恋は安心だ。心を安んじて、あのひとはいい人だった、と言い切れる。

失恋は一人の人間についての評価を完結させる魔術である。ふつうの人間は生きている限り、その評価が刻々変わって行くのをまぬがれ難い。しかし失恋は、相手の印象を石に刻みつける作業に似ている。もはやその価値、の横顔は略《ほぼ》永遠に変わらない。

何よりも大きな意味は、多くの場合、何人かの失恋の相手は、本当にその人がめぐり会って結婚すべきだった相手のところまで、彼又は彼女を導いて行くに必要な道標だった、ということである。すべてのものに時期がある。旧約聖書の伝道の書の中には、すばらしい一節がある。

天が下のすべての事には季節があり　すべてのわざには時がある
生まれるに時があり　死ぬに時があり
植えるに時があり　植えたものを抜くに時があり
殺すに時があり　いやすに時があり
こわすに時があり　建てるに時があり
泣くに時があり　笑うに時があり

悲しむに時があり　踊るに時があり
石を投げるに時があり　石を集めるに時があり
抱くに時があり　抱くことをやめるに時があり
捜すに時があり　失うに時があり
保つに時があり　捨てるに時があり
裂くに時があり　縫うに時があり
黙るに時があり　語るに時があり
愛するに時があり　憎むに時があり
戦うに時があり　和《やわ》らぐに時がある

もう三年遅くめぐり会っていれば、あるいは結婚したかも知れない相手と、少しばかり早く会いすぎることもある。しかし同じ梅の実でも未熟なものは、危険なのだ。同じ相手でも、時が来ぬ前の恋はうまくいかない。道標は暗い夜道を歩くものの心をとらえるが、そこへ向かって突進したらやはり飛行機でも船でも航路を踏みはずす。道標は静かに見送って走らねばならないのである。それがいかに辛くとも。

Ⅱ　この人と結婚すべきだろうか

愛の書簡2

——迷ったとき

結婚の最も素朴な情熱は、好意を持ち合った相手と一緒に暮らしたい、ということである。生活費が足りないからとか、式の費用がたまらない、などの理由で何年も待てる人は理性的かも知れないが、どこか素直でないように思う。

——綾子

結婚の時、私たちは神の前で誓う。そして恋人を選ぶ時、私たちは世間というものを忘れる。それならば、二人が愛を深めようとする時、一度は常識や公式を忘れなければならないのである。

——朱門

1　思いとどまるべき結婚

本当に愛している証拠は何か

結婚をひとつの取り引きと心得ている人は多い。

「養子に行ったんですからね、先方で自動車の一台くらい買ってくれるべきでしょう」

「彼が、君の希望なら、何でもかなえるからって言うから結婚してあげるのよ。そのとき、お姑《しゅうとめ》さんとは暮らさないってのが条件だったんだから、今さら一緒に住んでくれ、なんていうのはごめんだわ」

結婚前に、そういうことが不愉快の原因になるようだったら、私はむしろ、結婚生活などしない方がましだと思う。もし相手がそれに近いことを気にするような人だったら、

「あなたは、テレビや家めあてで私を貰うんですか。それならまっぴらお願い下げです」

といいなおってやればいい。

女性のなかには、景品つきで自分が貰われていくことに対して、まったくひけ目を感じない人がいる。

「先方のお宅がちょっとした財界の実力者なのよ。だから、うちのママ大変、お仕度をいろいろ揃えなきゃならないから」

などと平然とおっしゃるお嬢さんがいる。それが結構、一人前の健康や美しさを持った女性なのだ。

何をそんなに、お土産《みやげ》さげて嫁に行かねばならないのだろう。こういう女性は、大がかりな仕度や、何百人ものお客を呼ぶ披露宴によって、自分がいかに価値ある人間かを誇示したいのだろうが、私はそうは思わない。

家や家具つきで貰われることは、むしろ女の恥のように思える。それどころか、女は弱点を持っていた方がいい。金持ちより貧しい方がいいし、地位や名誉のある父親など持たぬ方が純粋の愛情にめぐり会うチャンスが多い。好きだとなったら、計算などできないはずである。彼女にたくさんの男友達がいたのを知ったら、いやになった、などというのは、その女を本当に愛していない証拠である。

男は最初の結婚に失敗し、女は二児をかかえて夫に先だたれたのが、ある所でめぐり会った。女も男もお互いを好きになった。すると男は、お互いに今までの過去をきれいさっぱり切り捨てて、新しい生活を築こうと言った。

そのためには、住居も新しくする。自分は勤めも変わろう。二人で生活をつくるのだ、と言われて女は嬉しかった。しかし男は、女の二人の子供も彼女の母の所へ預けることを条件にした。子供には、前の夫のおもかげがやどっており、それを見ていると嫉妬で耐えられない、と言うのである。

それは口実ではなく、男は女が、普段から着ていた服も家具もすべて捨ててくるように、と言った。二人の結婚の準備は、何から何まで男が用意した。女の下着も服も茶碗も新しく買ってくれた。

女も初め、夫の最も純粋な愛情にふれたように感じた。しかしめぐり会いの神秘感が薄れると、女は自分の過去を考えるようになった。自分はもう若くない。彼女はそのとき三十五歳だった。三十五までに自分は二人の子供を生み、その年の女にふさわしい生活の重みを身につけたのだ。それを捨ててこいということは、自分の小さな歴史も切り捨ててしまえということだ。それはあまりに残酷ではないか。

女は男によって確かに生まれ変わりたい。しかし、その前に、あるがままの自分を許し抱きとってもらいたい。過去を捨てろ、と言うのは、実際のところ、男のとほうもない身勝手だ、と彼女は思い始めたのである。

それでも結婚すべきか

本当にこの人と結婚すべきだろうか、という疑いを持ち続けたままで結婚する娘は多い。

初めはいい人のように思えていたけれど、つき合っているうちに、彼の不実さや、癖がいやになったという人がいる。

それでもなお結婚すべきか。

私は長い間、おやめなさい、と答え続けてきた。少しでも納得のいかない点があったら、結婚式が一週間後に迫っていようとも、おやめなさい、と言い続けてきた。キリスト教国で、結婚式のとき、参列者の前で神父や牧師が、面と向かって花婿と花嫁に、

「あなたはこの××を、あなたの妻（夫）としますか」

と聞くのは、格好をつけるためだけではないのである。西洋にも無理強《じ》いの結婚があるので、そのような不幸な目に若い人々を会わせないために、教会は最後のチェックをするのである。事実この制度を利用して、祭壇の前で「いいえ」と言い、危うくいやいやの結婚から逃れた娘もいるという。

本当に純粋の愛情だけしか認めないなら、相手の弱点が愛せない場合は、結婚を思いとどまるべきである。たとえ式が翌日に迫っていようとも。

しかし、たいていの人々はそれだけの勇気は持ち合わせない。金縁の招待状も発送ずみだ。式場を今からキャンセルできない。そんな理由で自信のない結婚に引きずりこまれる。

その原因はしかも決して、式の前日に発生した訳ではないのである。結婚に条件をつける女性がいる。背の高い人、ハゲでない人、鼻の穴の大きくない人、東大出、デブはだめ、酒のみもだめ、などというような人に限って、チビでデブで、鼻のあぐらをかいたハゲの東大出で、滅法酒が強い、というようなのと結婚することになる。

なぜ、彼女はそうしたか。

おまけがついたからである。たとえば家柄がいい、とか、財界の大立者の長男だからだとか。

結婚すれば何とかなるだろう、と彼女は言っている。事実何とかなるかも知れない。

私の母も自分のいやな結婚に四十年近く耐えた。彼女が夫から解放されたのは、六十歳を過ぎてからである。離婚してから再び自分の人生を生きなおすには、少し遅すぎるのだ。

だから結婚は妥協しない方がいい、と私は言いたいのだった。相手の欠点が楽しいと思えなければ、我慢して結婚はしない方がいい。

愛していく才覚

しかし、それが又、必ずしも正しくもないのである。たいして好きでなくても結婚して何十年か経ってみると、二人はいい夫婦だったと思う、と言う人がいる。しかしこういう夫婦の場合、必ずと言っていいほど、男は我慢強く、誠実で、しかも妻に寛大な人である。男が、我慢が悪く、不誠実で、妻に口やかましい人は、ほとんどこの結婚の不思議な自覚に到着していない。

そのほか、結婚前には些細なことが問題になる。披露宴をどの程度の規模でしたらいいか、ということで話が折り合わない。質素な家はケチと言われ、金離れのいい家はお派手で、と非難されるのも、この時期である。

しかしこれらのことはすべて相対的なものである。それらのものは信じても信じなくてもいい。しかし、いずれにせよ、それをもろに受けとめるか、さりげなく受け流すか、どちらかの才覚ぐらいはないと、長い結婚生活をとても耐えては行けないのである。

私たちの結婚は、特に祝福された訳でもなく、特に反対された訳でもない。特に華やかな披露をした訳でもなく、とくにケチだったということもない。いわばごく普通のものだったが、それでもなお、夫の観察によれば、式の当日、親戚の主だった夫婦は、皆、多かれ少なかれ、喧嘩をしたというのだ。それはおそらくたいした理由ではなく、手配しておいた車の来方がおくれたのは、誰それの電話のかけ方が遅いからだ、とか、あのときお祝儀袋を持ってくるように頼んだのに聞いていなかった、とか、そんなようなことが悶着《もんちやく》の種だったのだろうが、とにかくそこにいた夫婦たちは、花嫁花婿を祝福するより先に、まず浮世の不如意に心を砕いていたのだ。

しかし、それだからと言って別にひがむことはない。結婚に附属するさまざま

の行事はどれも多かれ少なかれ、ステキではないものである。私は、往年の不良青年だった三浦から、

「まあ、仕方ないから親たちの顔を立ててやりましょう。だけど、もし面倒くさくなったら、ようするに逃げちまえばいいんだ」

と不遜《ふそん》なことを囁《ささや》かれていたから、結婚式というのは二人のためのものというより、親たちを安心させるためにしぶしぶ行うものであり、従ってそれが盛大であろうが、ケンカの種であろうがたいしたことはない、という気になっていた。

逃げちまえばいい、というのは、つまり、駆け落ちしよう、ということなのである。私はもちろん、駆け落ちするほどの歯切れのいい女ではないから、いい加減な返事をしていたが、彼に言わせれば、駆け落ちほど男らしく、スリルに満ちたものはないのだ、というのであった。

なぜなら駆け落ちというのは、本来男が女を手に入れるのに、もっとも純粋でかつ攻撃的な楽しさを持っているというのだった。

駆け落ちは、女そのものだけが目当てなのである。女の父親の地位とか、名誉

とか、女の持ってくる家具やナベ、カマなど一切を当てにしない。自信のある男しか、しようと思わないことなのだそうである。

本当の出発はどこにあるか

話はそれるが、私たちが結婚してまもなく、私たちの知人（男）がある女と駆け落ちした。その親たちから頼まれて、夫は二人の隠れ家をつきとめに行って半日で探し出してしまった。私はよくそんなにすぐわかったものだと感心した。

もちろん、東京中を探し廻った訳ではない。いろいろな理由があって、彼らがだいたい何区の何町あたりにいるらしい、というインフォメーションは与えられてあったのである。夫はそれだけで充分であった。

彼は町内の蒲団《ふとん》屋を片端から歩いた。最近××という名で二人分の蒲団を買いにきた客はなかったか、と尋ねて歩いたのである。他の小物なら客の住所をつきとめるということは、まず不可能に近い。しかし幸いにも蒲団は必ず届けて貰うものである。

蒲団屋から簡単に足がつき、夫がそのアパートへ行ってみると、若い二人は、まだ家具といったら卓袱台《ちゃぶだい》くらいしかない四畳半の部屋の眩《まぶ》しい朝陽の中に、びっくりして坐っていた。二人はどうして自分たちが発見されたか、半信半疑だったが、いずれにせよ、母親が寝こむほど心配させたのは悪かったと言って、さっそく公衆電話をかけに行った。携帯電話などない時代の話だ。

「しかし、羨ましかったな」

と夫は家へ帰ってくるなり言った。

「僕もあんなふうに、何にもないところから出発してみたかった」

私たちは——あまりに多くのものをかかえ過ぎていた。夫婦仲の悪い私の両親（私は一人娘だった）、そして長男としての彼の立場、結婚してすぐ私の家へ住むことになっていたからしあわせのようにもみえたが、私たちは、結婚のすべての形態を自分たちで整えるという、輝くような幸福を味わう機会は与えられなかったのだった。

結婚すべきかどうかを迷うくらいならいっそのこと、結婚なんかやめてしまえばいいと思っている人もいる。私も若い頃、結婚はやめて、どこか一か所だけ尊敬できる男のひとの子を生んで育てることを考えたことはあった。しかし、それとても、実際にそのような生活が始まったら、私はどうなるか。

「あの人、私生児を生んだのよ」

は何でもない。私も小説家を志している女だ。父親のわからない子供ぐらい生んだって一向に構わない。しかし子供が、

「うちのお父さんってひと、どこにいるの？」

と訊いたら少し面倒くさい。さりとて、初めからいないものと思っている子供の父親が、何かの拍子で、ひそかに（そういう人は当然、他に家庭を持っているであろうから）子供の顔でも見にきたいなどと言ったら、私はどうしたらいいか。煩《わずら》わしくないために結婚しなかったのに、婦人雑誌の小説の筋のようなことで、私は悩まねばならなくなる。

知力、精神力、体力、すべてが揃っていれば、サルトルとボーヴォワールの関係でも何でも構わないが、子供は最初から革命的意識も何も持ち合わせないの

だ。子供はおおいに保守的であり通俗的だ。よその家庭と似たり寄ったりの生活を好むとすれば、私のような、気力も精神力も強くないものは、人並みな生活をこそ考え、決して革命的な生き方などを高望みしても、うまくいくまいということが次第にわかるようになってきた。

2　ステキな夫婦になってはいけない

夫は何も言わないが

私が世間一般の常識に手もなく屈伏したのはひとつには、私が仲の悪い夫婦の子供として育ったために、結婚生活を決して甘いいいものだとは思わなかった故である。家庭は火宅《かたく》であることを、私は小学生にならぬうちから肌で感じている。それに耐えることはそれだけで人生の偉業かも知れないなどと感じている。

私ほど、考えてみると、平凡な仲のいい夫婦に憧れた人間はなかったかも知れない。偉いお父さんでなくてもいい。Aさんのお父さんは、妻子がでかけるとお風呂をたいて待っているそうな。Bさんのお父さんは、忘れものばっかりして、Bさんのお母さんに叱られているそうな。そんな家がいい、と私は子供心に思った。

家庭というものは、ことごとく未完成である。これで完成したなどという家庭を、私はみたことがない。夫婦はどれも、どこかに欠けたところがある。しかも死ぬまで、結論はでない。この不安に満ちた変化の見定めがたい状態を捨てて、情熱的な生き方をしてみても、私のような性格にはあまり似つかわしくない。

いつの頃からか、私は平凡であること、凡庸であることは偉大だと思うようになっていた。いい家庭は信じられないほど凡庸だ。恐らく大統領の家だって、総理大臣の家だって、夫婦の作る家というものは凡庸なのだし、又凡庸であらねばならないのである。もし非凡なら、非凡であるという点で、恐らく夫婦は苦しむか、罰を受けるか、結婚は破滅の危機に瀕《ひん》する。

私は自分が凡庸な生活をすることを大切にしようと思った。それは私が小説を書いていく上での根本の態度とも関係がありそうに思える。

しかし又、言い方を変えれば、凡庸な生活を続けるということも、それほど楽なことではないかも知れない。どんな平凡な夫婦でも、二十年、三十年、いやひょっとすると五十年を暮らすには、大人げや、哀れを知る心や、明るい諦めや、さまざまなものが必要であろう。もちろん、私には男から男へと遍歴する才能がないのだが、遍歴と、そして留まることとは、あるいはどちらにも、それぞれにむずかしさはあるのである。

私は、自分の卒業した大学で、一時期二、三年創作指導をするようになったが、そのとき、最初に言う言葉は、人をいい悪いで決めつけるのは最後にしなければならないということである。

私は、いつまで経っても何がいいのか悪いのか、よくわからないという感じを持っていて、決して簡単に道徳的な結論を出すつもりはないのだが、それだけに、穏やかな家庭は、平穏無事という固定観念もよくわからない。少なくとも、私たちは仲の良い夫婦だが、二人で生活の重苦しさに暗たんとしたことは何度でもあった。私はそのひとつ一つの場合を、明瞭に切り取って覚えている。

私は長い間、不眠症になり、その挙句に、夫に連れられて神経科のお医者さまのところへ行ったこともあった。私はものを喋《しゃべ》れなくなっていた。何か言ったり説明したりしようとする前に、答えが十にも二十にも分裂し、その又裏が見えるように思えて、私は黙り込むのだった。

私は弱い妻であった。私はことに人間関係の重圧にすぐへこたれる。私は、夫も子供も捨ててどこかへ消えたいと思った。

しかし、そのとき、私は夫と息子に支えられ、最低のところ二人のためだけに、明るいのんきな女になっていなければならない、と考えた。偉くなくてもいい。平凡な女房であり、母であればいい。

私は数か年かかって、元へ戻った。私はときどき激しく泣いたが、その他はさけびも、暴れもしなかった。そして私は又、再び健康になった。友人の女医さんが、私に睡眠薬のかわりに飲みなさいと言って、甘い葡萄酒を持ってきてくれた。こういう親切な友人たちの好意に報いるためにも、私は平凡な状態に戻らなければならない。

私は元気になった。そこには他人にほめてもらえるような華々しい、英雄的な闘いがあった訳でもない。その結果が偉大なことだったというのでもない。しかし、息子は母親が元気になってほっとしている。夫は何も言わないが、私と一緒に酒をのみ、運動をしようとしてくれる。
私は再び凡庸こそ限りなく普遍的で美しいと思うのだ。

〝ある点……〟の間

仲がいいと言っても、夫と私は、ある点ではひどく似ていて、ある点ではひどく違う。その間を埋めているものは、夫の女性蔑視なのだ。私は軽蔑されることを少しも恥と思わない。先に述べたように、私は男を尊敬していたいのだから、その反対の形として、男は女を蔑《さげす》んで構わないのである。私は少しも理論的でないし、彼はあまり感情に走ることがない。むろん、彼にとっても不愉快な事件というのは、始終起きるのだが、彼は昔から心理学の本を読み過ぎた故か、そういう心理を、片端から自動的に分析するクセがついているらしい。つまり彼の心の中では、心理の系統は、ある程度、筋肉の解剖図のようにその関係が明確にわかるようになっており、何となく不愉快だったり、何となく楽しかったりすることは例外に属するらしいのである。

それほどよく心理が見えると、喜びも悲しみも御愛嬌《ごあいきょう》になってくるのだろう。その点、私の喜怒哀楽はほとんどの場合神秘的である。

しかしこれらの差は、おそらく終生、なおそうとしてもなおらないのだ。ただ、私たちはその一部で一致していた。私たち夫婦は、比較的固定観念が少なかった。権威に対してやや淡々としていられる。できるだけたくさんのひとがバッタバッタと死ぬ西部劇やスパイ映画を好む。食いしんぼう。旅行好き。田舎好き。人間を眺めるのが好き。

これらのお笑い草のような一致点の中には、私が歩み寄ったものが多い。私に野性の生活の楽しさの眼をひらいてくれたのは彼だった。私にくさいチーズと臓《ぞう》物《もつ》料理の味を教えてくれたのも彼だった。まあ、そのくらいのところで一致していればいいや、と二人は思っている。あとは違っていても、お互いにそういう相手を選んだのが不覚と思えばいい。

彼の方はモテタ、モテタというところを見ると、他にいくらでも結婚の相手があったのかも知れないが、私は必ず縁談に差支えるほどの近眼で、誰でも貰ってくれるという訳ではないキズモノだったのだから、贅沢は言えない。そして、そんなふうにして、ついてきてしまった野良犬がいとしいように、夫婦が相手のことを哀れに思うようになったら、たいていの愚婦凡夫も何とか続いていくのである。

私は自分が男より劣等動物であることを、徹底的に利用したような気がする。私の方が夫より収入の多い年月が長くあって、そのことをひどく気にしてくれるおせっかいな人もいたけれど、我が家ではそれだけは問題にならなかった。いささか恥ずかしいけれど、そんなときには私のカトリックの信仰も少しは役立った。お金をもうけるに適した才能というものがもし、あるとすれば、その頃たまたま、神がそのようなものを与えてくれただけのもので、それは別に私のなし得たことではないのだ。その上、私は理不尽であった。私は男を養う趣味はまったくない。

「我がものは我がもの、夫《ひと》のものは我がもの」

だから、つまりすべて私のもので、どちらがいくら余計に儲けたかをはっきり知っているのは、税務署ばかりだった。

二人の統治者がいては困る

私は今まで妻として有能になろうとしたことがないのである。私はすぐ、大きな声で「千の千倍いくつ？」ときく。夫と息子が答えてくれる。電気のヒューズがとぶと、私は暗闇の中に坐っている。財布が始終見えなくなって誰かに拾ってもらう。

うちでは統治する者は男である。男は女の無能さに困らされなければいけない、と私は思った。そのかわり私は下らないことに有能なのだ。たとえば二十分以内に入院に必要なものを揃えろ、というようなとき、私は突然信じられないほどの働きを示す。それから冷蔵庫の中に、お刺身の残り三切、納豆一塊、牛の挽肉百グラムなどという妙な取り合わせのものが残ったとき、それらをうまく組み合わせて、新しい料理を作るなどということに関しては……私は天才ではないかと心ヒソカに思う。しかし、私は重大なことは決められない。私の決めるのは小説のテーマと、自分の身のまわりのことだけだ。

実生活に二人の統治者がいては困る。私は決して婦徳をふりまわすのではない。無能と言われることは楽なのだ。楽な道を選んでなぜいけない。

私は、妻の内助の功というものをほとんど信じない。特殊な職業をのぞいて、妻は特別に夫を助けなくてもいいのではないかと思う。ただ、健康でのんきで、こまごましたことを嫌がらなければなおいい。内助の功を意識したとたん、妻は夫の仕事の分野にしゃしゃり出る。そしてたいてい、ピントが狂っていて夫の重荷になる。一人前の夫は、女房がどんなバカで何も助けてくれなくても、立派にやっていくものだ。

もちろん、例外もある。夫が女に庇護されたい性格で、妻が男を可愛がりたい性格の場合はまったく反対にすればいい。ようするに統率者と被統率者とがはっきり分かれていればいい。エライ人とエラクない人がいた方がいい。エライ人は、エライ人なりの責任と自信と鷹揚《おうよう》さでもってエラクない方をいたわればいい。その力関係さえはっきりしていれば、どんな夫婦も、私には美しく見える。

ついた嘘は重荷である

夫婦の信頼のもとになるのは、秘密を持たないことである。秘密を持つということは大変な重荷である。ひとつ嘘をつくと、ついた嘘を覚えていなければならないから、ますます生活は重くなってくる。

私たちの知人に、奥さんの前でよその女性をほめるのが好きな人がいる。この夫婦はヨーロッパで長く暮らしていたのだが、たまに帰ってくると四十男のご主人の方が、

「○○子さん（有名な女流ピアニスト）あれほどの魅力的な人はいませんなあ。僕はあの人のピアノをきくために、三百キロ、雪の道を車で走って、国境をこえてチェコまででかけたものです」

などと、しゃあしゃあとしたものである。すると奥さんの方も、

「○○子さん（前出のピアニスト）のリサイタルのときに二人してバラの花束をもって楽屋へ行くの。すると、彼女が又、いろんな有名な音楽家に紹介してくれ

て……」

「いや、もう、あの人は、すばらしい人です」

この夫婦、ともにアメリカ留学組で同じ船にのった。ところが、船がまだ東京湾を出ないうちから、彼が彼女に夢中になり、アメリカでは彼は西海岸、彼女は東海岸と別れたので、その後、二人のラヴレターが、米大陸の上を飛行機につまれて飛んでいなかった瞬間はないであろうというのが巷《ちまた》の定説になっている。つまりこの美しい奥さんは、ご亭主がどんなに悪アガキしようが、どうということないと知っているので、一緒になって○○子さんのファンになっている。

これがもし、奥さんに心の余裕がなく、そのときは穏やかにしていても、家へ帰って、やおらきっといなおり、

「あなた、○○子さんのこと、本当ですか」

などとやられたら夫の方もチヂミあがるだろう。

「いや、とんでもない、君、あれは冗談。ばかだな。なんてたって一番愛しているのは君だよ」

なんて科白を吐かせるようになったら、もう終わりなのである。夫は、女房がそのことで自分をイジメたことを一生忘れない。《用心しなきゃ》と彼は自分に言いきかせる。《とにかく、よその女のことは女房に一切言わんことだ》。

そこで、この次、この哀れな夫は別の××江さんに会うと、ついこの間までは、まったくなんら危機感を持ち合わさなかったのに、突如として（妻にナイショだ、と思うだけで）ひどく甘美な感情を抱くようになる。恋愛に最も必要なのは、周囲の妨《さまた》げなのである。今、世の中に氾濫《はんらん》している恋愛が、どれも、のびて冷えかけたインスタントラーメンみたいにぱっとしないのは、世の中じゅうの、親や先生や先輩や近隣が若者の恋愛に理解がありすぎて、二人の恋を邪魔しないからである。子供の恋愛に反対する親は、今や、本当に子供想いなのである。

どこを愛しているのか

日本人は西洋人と違って、夫婦の愛情の表現が多少違うから、「お前はいつ見ても美しい」など言わないからと言って、愛していないことにはならない。「うちのおばさん」と三浦は私のことを言うが、こういう言い方は妙に安定している。それで私も「うちのおじさん」と呼ぶことにしている。

しかし、けなしながらほめることだ。子供でも女房でも夫でも、必ずほめた方が、第一自分が楽しい。

「あなたのステテコ姿って、わりといいわよ。いかにも日本人的で。なんだか出世しそうな後姿だわよう」

と女房に言われれば、少し大人げのある夫なら、よく考えてみるとブジョク的な要素も多々あれど、なんとなく自分こそ日本の男の代表のような気持ちになれないこともなくて、「ばか言え」などと言いながら、決して怒ってはいない。

「お前くらいどっしり太ると、安定がよくていい。おい太郎、嵐の日に出歩くときは、母さんの後を歩きなさい」

デブだということは悲しいが、しかしそれが実用的であれば、女は満足してしまう。

こういう言い方のできる夫婦は、まず家庭が明るい。私のみるところでは、ステキな夫婦はどこか危機感をはらんでいる。滑稽な夫婦は安定がいい。滑稽というのは弱点がむき出しにされることで、その弱点を愛してしまったら、他にどんな立派なきれいな女、二枚目の男が現われようとも、夫婦はめったなことでは心をうつされないのである。

しかし美しいから、立派だから、働きがあるから愛するのだったら、年老いたり、弱味をみせたり、病気になったりすれば夫婦は相手を捨てることになる。それをうすうす感じている夫婦は、表面仲よさそうに見えてもどこか暗い。

家の中を滑稽にするためには、まず、夫が精神面でも経済面でも独立することである。しかし社会的地位があっても、案外いつまでも乳離れしていない男もいる。こういう家は、実に気の毒だ。

私は一家の父というと、いつも、アメリカの西部の開拓者の家族の父を思い浮かべる。学問はなくても幌馬車《ほろばしゃ》を駆《か》って何か月も西へ進んだ父。荒野の中に、自分で材木を切り家を建てた父。それらの父は身なりも悪かった。学問もなかった。しかし精神的にも物質的にも、家族をかかえて独立する他はなかった。

貧乏でもいい。家庭は開拓者のように強く稚拙であればいい。家庭は内から力がみなぎっている場合に明るく、外見だけよくて内部に鬆《す》が入っているときには例外なく暗くなる。

考えねばならぬこと

ようするに家庭が暗い家がある。インインメッツとして、毎日内戦をしている。いや、夫婦とも争いが趣味的に好きなのではないかと思うような家もある。妻の方にしてみれば、故意にそんなふうにしている訳ではないというであろう。夫の帰りが遅いからであり、夫の両親に仕送りをしなければならないからである。

しかし、そういうときの自分の顔を鏡で見てみるといい。

私はもう完全な老人だ。歩き方にも後姿にも年齢が出ている。この上は、にこにこでもするほか、見られるようになっている手はない。そういうときに、不愉快を顔に表わしたらどうなる。子供も、キャッと叫んで逃げ出すであろう。

腹が立ったら、まず、美容院へ行くか、恋愛映画を見るか、それだけのお金がなかったら、シャボンできれいに顔を洗い、あり合わせのお化粧品できれいにメークアップしてみることだ。メークアップとは作り上げることなのである。心と態度と表情をどうやら見られるように作り上げるのだ。そしてインインメツメツたる暗さを、心の中から追放しなければならない。

妻は一日中、じっと夫の浮気のこと、金のないこと、舅《しゆうと》姑《しゆうとめ》に対する不満、アパートの隣人への腹立たしさ、などを、チューインガムでもしゃぶるように、心の中で反芻《はんすう》し、夫が帰ってきたら、ああも言ってやろう、こうも言ってやろうと、待ち構えているとしたら、疲れ帰ってきた夫がそれに対応できる訳はない。しかし浮気や経済問題は、確かに気分をかえたくらいでは、なおらない重大な事柄であろう。本当は、ことがそこへ落着する前に、夫婦とも考えねばならなかったのだ。

夫婦は毎日、笑っていられたろうか。

深刻になってから、急に笑う習慣をつけろと言っても無理である。しかし、夫婦がまだそれほど危機に陥っていない頃、夫婦のどちらかの気持ちにゆとりがあれば、彼らは、かなり辛いことまで、笑って言えるようになる。

「何しろ、うちの女房はいいことなしなんだ。寝坊で、料理がへたで、気がつかなくて」

夫が友人に喋っているのをきいたからと言って、ぎっくり傷ついたりしてはいけない。

「何しろ、お父ちゃんのとこへは、その程度のしかこなかったんだから、しかたないって言ってやるんですよ」

夫は妻がこうでれば、うっすらと笑うであろう。すると、あらふしぎ。先刻までの夫の発言は、何やら、日本的オノロケの一種と見えてくるではないか。

かくして、たいていのデキのいい夫婦は、

「夫が秀才で、美男で雄々しく、妻が美人でかしこく、家事がうまい」

という表現にはならず、

「お父ちゃんは、のんきで、カバみたいで、だらしがなくて、お母ちゃんはおすもうみたいで、算数なんかてんでわかっちゃいなくて、食いしんぼう」

という形になるのである。

純粋に楽しむ家庭

ステキな夫婦になってはいけない、というのは、このことなのである。ステキな夫婦になり続けていることは常人にはできかねる努力がいる。少なくとも私のように努力があまり好きでないものは、夫のためにステキな妻になっていなければならないとなったら、そのことで夫を怨むであろう。

だから、私は夫よりも平気で遅く起きてくる。

「ねぼうだね、お母さんは」

と夫はやや本気で息子に言っている。

「当たり前よ。お父さんの方が年上なんだもの、トシヨリは早く目が覚めるものよ」

私はときたまはおしゃれもするが、ふだんはすさまじい格好をしている。私はケチなので古着をなかなか捨てられないのである。私が今はいている冬のスカートは通信販売で数年前に買ったものでそれはスカートというより、コーヒー袋で仕立てた腰巻きのようになりかかっている。しかし夫婦の歴史の中では、妻が十年も二十年も前に買ったスカートを着ているという部分もあることが、かなり大切なことなのである。

私は夫のお客さまをおいて、外出する。

「ごゆっくり、私がいない方が、気楽でしょう」

そこで夫はうろうろしてはいけないのだ。じゃあ、ひとつ、今日は、ボクの料理を楽しみますかな、ということにならなければならない。普段やってないんだから、別にそう悲壮に思うこともない。女房のエプロンをつけてみて、まるで自分が舞台俳優にでもなったと思えばいい。そして……まあ、恐らくおいしいものはできないだろうから、そのときは客と二人して悪妻の悪口を言うことである。

ひとの悪口を言うということは、何と純粋に楽しいものか！

このような形ででも、私は存在意義があるのだ、と思えばいい。

3　夫婦はいかに対処していくか

結婚による自分の弱点の発見

一九六七年の九月、私はひとりでタイ国へ向かった。タイ国と言っても首都のバンコクへ行くのではない。ビルマに近い北タイの一寒村で、日本の建設業者が道路を作っている。そこへ取材に行くのである。

その話をきくと、人々はさまざまなことを言った。

「タイ語できるんですか」

「そんな奥地へひとりで入って大丈夫かな」

「風土病もあるんでしょうに」

「第一、男ばかりの建設現場なんかへ女ひとりで行っていいんですか」

そして最後に皆はつけ加えるのだった。

「三浦さん、よく許しましたね」

真先に言わねばならないのは、男ばかりの現場はまことに紳士的で、一般の人が小説的に考えているようなことはまったくない、ということである。彼らはプライドのある技術者ばかりであった。風土病はあるが、私は妙な信念があって、私だけは多分デング熱などにかからぬと信じている。泥棒も、殺人もある土地で、しかも雨期を狙って入ったのである。しかし、日本にいたって、殺人も洪水もあるのだから、私は平気だった。

三浦がこのことを許した、ということの背後には、私たち夫婦の数十年の歴史がある。

私は今までに何回、「私、小説をやめようかな」と呟いたか知れない。さまざまな理由があった。私は肉体的には丈夫だということになっているが、精神的には必ずしも安定した性格ではない。私が自分の異常さと闘い続けてこられたのは、精神病の本を死に物狂いで読んだおかげのような気がする。

私は作家が、異常な性格を売りものにするのを好まない。私は作家である前に、まず人間であらねばならない。それも偉大な可能性を持った凡庸な人間に。私は手離しで、輝くような健康さを求める。私は一生涯、その方向への希求を捨てないだろう。

もし私の心の健康が作家の生活に無理であるなら、私は小説など書かなければいいのだ。神は私を一人の女として創られた。しかし小説家として創ったのではない。

「もう、小説なんて書くのやめようかしら」

と言うたびに、三浦は、

「どっちでも」

と言うのだった。

「本当に辛かったら、おやめよ。だけど、やめて本当にしあわせか？」

そう言われるたびに、私はぐらついた。そしてやめることはいつだってやめられる。私がやめるべきときには、神が私にやめよ、というはっきりした命令を与えて下さるに違いないとあえて神がかりになった。

タイ国を舞台にした小説は、書下ろしのためであった。第一、私はその小説を果たして書くのかどうかもわからない。しかし三浦は、私が目的に向かって進むことを決して妨げなかった。私にとって大切なものは、その完成した小説ではない。むしろその過程であることを彼は知っていた。

「飛行機もケチケチしないでビジネスでいけよ」

と三浦は言った。

「そしたら安心して三十キロまで、現場へのお土産ももてるじゃないか」

そこで私は、二匹の生鮭に塩してその朝、魚河岸から届けてもらい、卸売《おろしう》り商人くらいのワサビ漬けなども買い込んで、生まれて初めて自分のお金で、飛行機に乗って羽田を立った。

外から見れば、私たち夫婦はヘンな夫婦だった。ものわかりの良すぎる夫だった。確かにその多くの部分は三浦の寛大さから出ているものだ。しかし、そうホメたら三浦は、えへへと笑って言うだろう。

「とにかく、僕にとっちゃ、カミさんが面倒でないのが一番いいんでしてね。それにタイにはカミさんの大学時代の親友がいて、二人で歩いてりゃ、それでいいんですよ」

結婚しなければ、私はもしかすると、これほど、自分の弱味を発見するチャンスはなかったかも知れない。夫婦は結婚によって初めて他にまったく比べようのない相手の性格を発見する。

そして、いかにそれに対処していったらいいかということを考える。これは戦いがいのない、しかも血みどろの戦いだ。

おかしいとり合わせ

夫婦のとり合わせは唯一無二である。これはどことも比較にならない。家庭の事情とはよく言ったものだ。まさに家庭は一軒一軒独立している。だから考えようによっては、自分たち夫婦もおかしいし、よその夫婦もおかしい。

クラス会があった。昔から美人で、グループのボスだったチャーミングなＵさんが大きな声で喋っている。

「うちの主人たら酔っぱらって帰ってきて、私の顔をみると、《ユリコさん、金だらい》だって（彼女の本名は京子さんである）。私、ハラが立ったから、《私、キョウコですよ。ユリコじゃありませんよ》ってどなってやったのよ。ほんとに男っていい気なものよねえ。それに何よ、洗面器とでもいえばいいのに、金ダライとくるんだから」

これでUさんのご主人の《ユリ子さん、金だらい》のエピソードは、一躍有名になったのだが、この賢明な奥さんは、いい御機嫌で帰ってきた旦那さまから、こうして一本とっておき、しかも、それを決して陰湿なものにせずに、上手に使っているのである。

こうなればもうU家では、ユリ子さんというのが呑み屋の町の象徴的な呼び方になり、

「ユリ子さんとこなんかに、いつまでもいちゃだめよ」

と言えばご主人のお酒には、なんとなくおかしみのこめられたブレーキさえかかる。

どこの家にも、ユリ子さんはいるべきなのだ。ユリ子さんは、いわば夫婦の弱点の代名詞である。それを庇いながら生活をたてて行く。

前に言ったようにどの夫婦もどちらもどこかおかしいのだ。自分を棚に上げて、相手を非難しても始まらない。充分にいたわってもらえばいい。そのかわり、感謝を忘れないことである。私のようなものと、ようこそ結婚して下さいました、という思いがなければ、夫婦は続いて行きにくい。

幸福感の味わいかた

結婚前に抱いていた青年や娘のイメージは、まもなくうつろうものである。

三浦は、若い頃、赤毛で茶眼で、咳ばかりしていて、淡い色の服ばかり着る軟派の青年風であった。それが大学の教師という仕事に何年もたずさわると、服は黒っぽいものになり、ネクタイは無地か縞ばかりになる。それはまあいい方で、大学騒動で二十年近く勤めた大学をやめた年（昭和四十四年）の夏、私はしみじみ彼を眺めた。

彼は三崎の港の近くで買った特売の灰色っぽいクレープのシャツを着て、同じく町の洋品屋で買ったL判のショートパンツをはいている。毎日泳いだりボートを漕いだりするので肌は真黒で、しかも太った。その彼が昼寝をしている。蠅《はえ》がおデコにたかる。何かに似ている、と私は思った。そうだ。写真でしか見たことはないがジュゴンだ。

もし私が彼の色香に惚れたのなら、無惨な幻滅を味わわねばならない。彼は青年時代は、臆面もなく、女性に捧げる花束を抱えて歩く（私にはくれたことはないが）ような男だった。しかし、今はだめだ。××夫人に花束を持って行くと言うと、「サツマイモにしろよ」などと言う有様だ。

しかし、彼は相変わらず、本はよく読むし、必要と思ったところは決して忘れない。そして、なかなかかっとならない。かっとならないだけでも、私はそういう性格に尊敬の念を覚える。つまりそれだけでいいのだ。それから物理、数学何でもかなりよくできる。一緒に住むと大変便利だ。私はプロパンガスの使い方もよくわからなくて二度も爆発させ、髪の毛や眉毛を焦がし、プロパン恐怖症になった。しかし彼はプロパンガスについてよく知っているからありがたい。

こう考えてくると、私はまことに利己的な動機で結婚生活を続けているらしい。そう言うと、

「自己愛のない愛なんてないから、自然でしょう」

ということになる。すると案外、彼の方も、私がいることで少しは便利だから暮らしているのだろうと思う。

一人の人間に必ずしも、長く心をつながれる必要はない、という考えもよくわかる。それから先は美意識の問題である。ただたまたま、一人の人間との間の愛を長続きさせたいと思う人がいるのだったら、男も女も、相手に絶対の忠誠をつくすべきなのである。

忠誠とはおかしな言葉かも知れない。忠犬ハチ公は飼主に忠誠をつくしたということになっている。もっとも、犬には精神はないから、ハチ公はただ相手が自分に決して悪いようにはしない人間だということを知っていたのだろう。忠誠心というものは、ときどきおろかな結果を生むかも知れない。国家に忠誠をつくし

たつもりなのに、国はその人間を裏切ることも往々にしてある。しかし、おろかではあっても、私は忠誠というものが好きである。忠誠心は、多くの場合盲目の部分を持つが、さかしらに眼があきすぎた人よりも、眼の見えない一途な姿勢の方がしあわせだ。少なくとも、賢いか賢くないかは別として、女性的な特質だから、女はその特権を充分に利用して、幸福感を味わっていいと思っている。

女の方がバカだと思えばこそ

婚約が決まって結婚するまで、結婚してから別れるか死ぬまで、長い年月の間に、恋人たちや夫婦は何度喧嘩することだろう。もうあんな相手の顔など二度と見るものか、と思うだろう。

しかし喧嘩のはっきりした理由を後々まで覚えている人はごく少ない。もし覚えているようだったら、その喧嘩はかなり根が深いもので、その恋人や夫婦は関係がこわれかかっていると見てもよい。

そこまで傷を深くしないためには、喧嘩は男から謝るべきなのである。女房が悪いのに男から謝れるか、などという男は、もうそれだけで幼稚なのだ。そんな悪いヨメさんもらったのは、あなたの不明なんですよ。

もちろん、心から悪いと思う必要などこれっぽっちもない。むしろ、しらじらしいほど愛想よく、ウソと見えすくようにでも、

「悪かったなあ、ホントに。僕が悪かった」

と言えば、妻のふくれっ面はすぐにも縮みはしないけれど、心理的にふり上げた掌のおろしどころに困って、

「ホントに今さら、謝ったって追いつかないのよ」

などと、文句を言う口調も力なくなってくる。女にも闘争心があって、そういう場合、私などは確実に、テキに一本とられたことを内心くやしく思うのである。

妻の方が先に謝ると陰湿になる。王さまが孫のお馬になって遊んでいても、誰もがほほえましく思うだろうが、王さまが幼い孫をお馬にして乗っかったら、これは暴君、暗君だ。女の方がバカだと思えばこそ、私は男に先に謝ってほしいの

である。

譲る心である。男に謝られると、女は次のときは、私が悪かった、と先に言おうと思う。「ごめんなさい」という言葉が屈辱でなく言える人間はいい。

本当は謝っても謝られても、男だけがよくて女だけが悪いこともなければ、女だけがよくて男だけが悪いということもめったにあり得ない。おんなじなのだ。しかし、この自然さをさまたげるものは、劣等感のある男ほど明瞭にあらわれる。他人に対する厳しさと、他人がどう思うかよく考えられない女の愚かさである。自分を相手の立場におきかえて、ある程度考えることができれば、「まあ仕方がないや」という思いが生まれ、この思いは、一生二人の上に意外と大きな影響を及ぼして行くのである。

Ⅲ

一人の男を愛するとき

愛の書簡3

——傷つくとき

自分から運命を切りひらくのも英雄かもしれないが、私は与えられた生活をじっと受けとめていく人のひかえ目な勇気を、もっと美しいと思うときがある。

——綾子

愛する人と別れるのは、必ずしも愛が消えたためではない。愛は昔と同じように燃えさかってはいても、愛を貫くことが、自分の存在を否定する結果になるとき、私たちは断固として、愛する人と別れなければならない。

——朱門

1　女の生きがいは何に見出すか

恋から愛への変質

さて、心をふるわせるような恋の季節は、そうそう長続きしない。『アベラールとエロイーズ』は、修道院の僧と尼の間に交わされた精神的愛の書簡だが、彼らのような幸福な境涯《きょうがい》におかれる男女は珍しいのである。もちろん、当世風に言えば、好意を持ち合っている男女が離れて暮らすのは、あわれだ、人権蹂躙《じゅうりん》だということになるかも知れない。

しかし、彼らは顔をつき合わせて自分の醜さを相手にさらさなくてすんだ、という点で、しあわせだった、と私は感じている。

燃えるような愛が消えたときに、かわりに細く長く生命をもつのが、許しである。その許しを愛と呼ぶのである。

許しというと高低を連想するかも知れない。一方が他方より高みにいて、その高い方が低い方を許す、というような。しかしそうではないのである。許すとは心に抱きとることである。

それは決して、特に英雄的なことでもないかも知れない。人間は誰にも弱味があり、その弱点を許してもらわねば、自分の存在がなりたたないから、少し理性的な人間なら、自分を承認するためだけでも他人を許すような気がする。

恋愛がどんなにも架空な幻影を見られるのに比べて、許しは、どんなにも現実的であり得るのである。

恋人の美しさは初め、かなり無責任な、非生活的な形で入ってくる。彼は娘の長い髪を美しいとは思うが、それがフケだらけになったときの有様は決して想像しない。彼は彼女の口を接吻の対象として眺めて心を躍らせるが、その口が、大福モチを頬張るときの現実的な姿は思い描かないのである。

しかしやがてそれらの幻の部分は消え、現実の姿だけが残ったとき、初めて恋愛は、永続きのする愛に変形する。

すなわちフケだらけの髪が、若さの悲しみとしていとおしく思え、大福を頬張る様子に健康的な悪気なさを覚えるようになれば、それは恋が愛に昇格した（いや、変質したと言うべきか）証拠である。

愛は盲目的に信じることである

女性は、男と比べて運動能力においても、知性においても劣っていると私は思える時が多いのだが、たったひとつ、優れているところがあるとすれば、それは、愛するものを盲目的に信じることである。

女性は、本当は優しくもない。デリケートでもない。残忍なことをできるのは、男より女である。しかし、女は自分の夫や子供をいったん信じたとなると、とことんまで、理性の力などかりずに、自分の信じるものを支持することができる。理性的であることのみが、世間的にみて、知的であるかのようなことを、よく言われるが、多分そんなことはない。ものごとをなし遂げてきたのは、一部の理性的な計算と、あとは狂的な執着なのである。

たとえば作家にとって、何よりも大切なのは、自己に対する厳しさではなく、度はずれのナルシシズムとひがみ根性かも知れないのだ。作家が冷静であり、理性的であることなど、何ら創造的な意味を持ちはしない。

それと同様に、家庭生活においても、大切なのは批判者よりも、支持者になることだ。

たとえばここに二組の夫婦がある。それぞれに、夫の方は能なしで、酒ぐせが悪いとしよう。一人の奥さんの方は、客の目の前で、裸踊りを始めたり、ぐうぐう寝てしまう夫について、しきりに言い訳をする。

「本当に、さんざんなところをお見せ致しまして……あなた！　いい加減にして下さい！　本当に申し訳ございませんわね。めったにこんなことないんでございますけれど……あなた！」

聞いている方の客は、もともとはらはらしているところへ、さらに改めて夫人から夫のかわりに謝られたりすると、いっそう身の置きどころがなくなる。むしろそれよりも、もう一人の奥さんのように、夫と一緒にげらげら笑い、

「あーら、パパ眠ったの？　いい気持ちそうねえ。この人、本当に、天真爛漫《てんしんらんまん》でいい性格なのよ。楽しそうなお酒でね。皆さまにはちょっと失礼しますけど、こうしてぐうぐう寝かして頂くからこそ、この人の活動力も出てきますの」

と言う方が、いあわせる人間もよほど気楽にいられるというものである。夫を批判することによって、夫を大成させた妻があるだろうか。夫は、ほめ、信頼し、少々他人がヒンシュクするくらい、無批判に支持するべきなのだ。それが、妻の妻たるところである。

自分の子供たちに対してもそうである。

私は自分の息子が、将来もし、罪を犯すようなことがあっても、最後まで、自分の子供のよさを盲目的に信じる母でありたいと思う。世間がどんなに悪く言おうとも、私だけは息子の味方になる。それが、母というものの特権なのだ。

持ち味を生かされている妻

よく世間では、仕事を持つ女が、家庭をなおざりにすることを指摘して、そのために結婚生活が壊れやすい、というようなことを言う。

確かに、夫の方が妻がかしずいてくれることを望み、しかも女手がなければ、自分の身の周囲のこともできないというような人であれば、妻が仕事を持つことはむずかしい。しかし夫が、妻に下女的な仕事を要求する率がかなり低いとすれば、この頃では、妻が仕事を持つことはずいぶん楽にできるようになったのである。

私は結婚したての頃、まだ作家ではなかったが、学生であった。新婚旅行から帰ると、夫と私は、二人とも同じ時刻に家を出て「学校」へでかけた。夫は大学の助教授であり、私は大学の四年生であった。出発の形として、私は夫の良き妻になれる訳はなかったのが、今となっては幸運だったと思えないことはない。つまり、彼は、女房が一人前でなくても、何とか生きて行くことには根本的に差支えないことを知ったのである。

私は、家へ帰っても、レポートを書くために、イエーツやフロストの詩を読んでいたり、カトリックの典礼学などという、これほど実生活に役に立たぬものはなかろうと思われるような講座のノートを読み返したりしていた。そして、そのような状態には、コッケイではあったが、比較的、一人の女子学生としては、「それらしい」状態であり、恐らくその様な生活が、私にとっては、最も合っていたのかも知れない。

これは平凡なことのようだが、かなり原則として重要なことかも知れない。妻であろうが娘であろうが、その当人が最も生き生きしている姿というのは、つまり、彼女たちの持ち味が生かされているときなのである。

私の知り合いの奥さんの中には、のんびり屋で（ということは鈍感で苦労がないということではない）いつ行ってもおいしい饂飩《うどん》と、手作りのケーキをごちそうしてくれるひとがいる。彼女は、いろいろと才能はあるが、やはり何と言っても、ケーキを作り、饂飩を煮るのが好きなのである。この夫人はそれなりに、最も彼女の持ち味をよく生かした妻という職業の座にいるのである。

女は何に興味を見出すか

しかし、テイシュの好きな赤烏帽子《あかえぼし》という言葉があるが、女房の好きな白烏帽子というものもあって、この頃、世間ではどうしても働きたくてたまらない妻というタイプがある。もちろん、こういう種族は、(私も多分その一人だろうと思うが)良妻になることはあまり望めない。

しかも、このような妻たちが働いたところで、それは一家の収入に大きなプラスになるわけでもないのである。ただ、女房が生き生きと働いていて、それに満足しているという状態は夫にとって、気楽だし、もし夫が人生とは何であるか、人間とは何であるか、というような問題に何歳になっても興味を持つような性格なら、妻の生きがいというものも又、非常に興味ある状態として評価されるだろう。

家にだけいる妻が時間をもて余している例が意外に多い。彼女らの関心の的が、夫の会社の同僚の家族の動静や、親戚の間の感情的なやりとり、家の中を整えること、子供の学校等に向けられるのは当然だが、仕事を持つ女にとってはその興味がもうひと周り拡大して、ある場合には組織のもたらす力とか、男の世界であるメカニックなものへの興味、あるいは、まったく抽象的な美の世界等に向かう。

ある夫は家にだけいる妻に、百万円の金を与えて、それで自由に株の売買をさせている。百万円までなら金部すってしまってもいいと言うのだ。もちろん、これは大変に恵まれた妻の例であって、どこの女房もこのような高価なおもちゃを、与えてもらえるとは限らない。おもちゃどころか、自分の小遣もなしに、ひたすら家事に励む妻が絶対多数なのである。しかも、そのような妻であろうとも、妻を人間的に生かすには（三食昼寝付きと言えども何もすることがないというのは一種の座敷牢である）、何か生きがいとなるべきものを与えねばならない。ある妻にとってはそれが貯金通帳の額の増えることであり、別の妻にとっては四十歳までに家を建てることである。

しかし仕事を持つ女にとっての目的は、やはり、よき仕事をすることになるとすれば、働いていない女には趣味として与えねばならぬ生きがいを、仕事をする女はささやかなりとも給料をもらいながらすでに得ているわけである。

私はこの頃、なぜもっと家庭の妻が働きに出ないのかと思う。働きにでられる状況にありながら、そして外の空気にふれたくてたまらないのに、家にじっとしている奥さんも多い。妻がパートタイマーの工場労働者になることはそれほど世間体がわるいことなのだろうか。世間は月謝をくれながら、妻を教育してくれるところなのに。

つまり、何のために自分の時間を使うかということが我々の生きがいなのだが、働いている女ほど、抽象的なものにもその興味を見出し得るのである。

2　もう後へは退《ひ》けないとき

社会との関係を自ら持つとき

結婚してまもなく、私は夫から、女は人間ではなく人間より少し外れたものだと言われた。たとえば英語で人間はと言うとき、〈人間〉として使われる単語は通常、男を指す。女が何か特別なことをするときには、〈人間〉がするのではなく、〈女〉という特殊な名詞を使ってそれを表わさねばならない。

「だから女ってのはつまり人間じゃないのさ」

と、彼は気持ちよさそうに言った。

幼いときから私も女はどうしても男に劣るような気がしていたので、私にとって女でありながら向上するということはいつのまにか、女らしくなくなることのような気がしていた。別な言い方をすれば、私は女であるよりも、人間でありたかったのである。

恐らく私と同じような気持ちで仕事に執着する女が、かなり多いのではないかと思われる。

私の尊敬する友人に、一人の女性翻訳家がいるが、彼女があるとき、私に言ったことがある。

「女の人の仕事っていうのは、どうしても甘くなるのよ。子供が病気だとか、主人の会社のお客があるからとか、そういうことが、世間にも言い訳として通用すると思っているのよ。だけど、どの世界でも男と同じように仕事しようと思ったら、子供が病気だろうが、亭主が死のうが、仕事だけは、期日までにやる気でなきゃね」

この言葉は、いささか悲愴な感じをもって受け取られるかも知れない。男の場合なら、つい一時代前までは、妻が病気だからと言って、会社を休む人もなかった。女が甘いから夫の病気を口実に使うのでなく、妻の立場そのものが夫の影響を受けねばならぬようにできていたのである。

私は、今の時代には、もう働く妻が病気になった夫を、顧みなくてもよいというのではない。又、私の親友の場合にしても、彼女は仕事のために、子供をいい加減にするようなことは到底できない性格である。しかしなお、自分にそう言い聞かせることによって、彼女は社会に対する仕事をする女としての自分の責任を、再確認したのである。

仕事には本来、性別も年齢も家庭の事情も介入してはいけない。ストリッパーは女性にしかできず、沖仲仕さんは男の職業だということはあっても、仕事に対する責任を取るという点では、男も女もないのである。仕事とはこのように、社会との直接の関係をみずから持つことであるが、これは女性に選挙権もなかった時代には、確かに考えられないことなのである。

ありがたいことに、女はまだある程度無責任でいたいと思えば、夫のかげに隠れて暮らし、化粧品ひとつ買うにしても、「主人と相談致しましてから」と言っていればすむ。

それが嫌いでみずから一人前に社会とのつながりを持とうとするときには、もう後へは退けないのだ。泣いても笑っても彼女は彼女の責任において、他人と約束したことの結果を一身に引き受けねばならない。それが仕事である。

ひきつける自然の色気

世の荒波、という言葉がある。今、全般的に社会は痛々しいほど民主的になり、個人の生活が守られるような方向に動いてはいるけれども、それでもなお、社会に直接触れることは厳しい。

ことに女の場合、男たちの中には、女を初めから一人前と思いたがらぬ風潮が残っている。

たとえば、男たちは女に対してあるときは、職場の花であることを求め、あるときは、一人前に仕事をする人間であることを望む。

「ちったあ、化粧室へ行って、口紅でもぬってこいや」

と言ったかと思うと、

「今は急場なんだ。なりふりかまわずやるってことがわかんないかよ」

と怒鳴りつけたりする。

大勢で仕事をするときにつねに問題になるのは、このように色気があるかないかということだ。そして私の見るところでは、職場において余分な色気ほど、人間関係を複雑にするものはない。

私の友達に女医さんがいるが、ある日のこと、彼女から一枚の写真を見せてもらった。それは、私も一度も見たことのない彼女の手術中のスナップである。

もともと、この人はスペイン型の美女だが、白い帽子とマスクの間から目だけしか出ていない、この写真のようなあたりを払うほどの色気を、私は今までに感じたことはなかった。私がそう言うと彼女は、

「見えないとこがいいってわけね」

とヒガンでみせたが、私が打たれたのは、つまりつくられたのではない、言わば静かに髪ふり乱した結果の色気であった。そして私がそのとき感じたのは、色気というものは意識して持とうとしたが最後、（少なくとも同性から見ると）不潔感がするということである。

職場における色気が、誰の迷惑にもならず、暖かい慈悲の光を帯びて生き残る唯一の方法は、女がどんなに年若くとも母性を持つことである。看護師さんが白衣の天使と言われたのは、その職業が期せずして母性の要素を持つからだ。

もっとも、中南米の国々のように、女たちが男のほめ言葉やお世辞に慣れており、そのようなものを極めて社交的なお遊びのひとつと思えるようになっていれば、話はまた別である。私たち夫婦が中南米へ旅行したとき、夫はアメリカへ行くまでの船の中で、スペイン語の片言を勉強して行った。そしてメキシコへ入るや、ある日私は、彼が王宮の跡である公園の噴水の所にいた一人の美女のところにつかつかと歩いて行き、

「あなたがあまりお美しいので、どうしてもメキシコの思い出に写真にとらせて頂きたいのです」

と言っているのを聞いた。すると、その婦人は極めて鷹揚に、

「ええ、どうぞ」

と言い、彼女の最も美しいと思われる角度の横顔を、噴水のこぼれる陽の光に

向かって見せてくれた。

しかし、日本ではこのような讃美は、決して、そのまま男女の間の潤滑油にはなり得ないのである。その点、母性的立場になることは最も無難である。私は若いとき、ボーイフレンドはたくさんいたが、もてない娘であった。そのかわり、私は十七、八の頃から、彼ら青年たちの母か姉のようになる術《すべ》にたけていて、彼らの恋人の話、失恋の話をさんざん聞かされたものである。私が彼らと今でも家族ぐるみでつき合えるのは、私の中に恋人になるよりも「話のわかるおばさん」になる要素が強くて、それが今でも仕事の上での人づき合いを、楽にしているように思う。

興味が持てない不幸な感覚

しかし、働いているうちに人間は誰でも行きづまりを感じる。ある娘にとっては、会社で誰も自分を女と見なしてくれないということは不満の種だが、別の娘にとっては課長がちょっと男の眼つきで、彼女のセーターの胸のあたりを見たというだけで、非常に侮蔑《ぶべつ》されたように感じ、もうその課長の顔など見たくもなくなるし、声を聞くだけで、寒気がするという状態になるのである。

あるいはもう少し複雑にものを考える性格の娘は、課長のいやらしさや、競輪好きの同僚の馬鹿馬鹿しさは我慢できるとしても、何のために、今自分がここでこうして働いているのか、わからなくなってくる。

つまり彼女は職業に興味を持っていないのだ。そしてこれは、仕事を持つ女性にとって（もちろん男にとっても）根本的な不幸である。

あるとき、必要があって船に乗っている人に電報を打とうと思い、その船会社に電話をかけた。

「××丸に電報を打つことについて、伺いたいのですが」

と私は言った。

「そのお船はどこのお船でございましょうか」

明るい可愛らしい声が返ってきた。

「どこのって、お宅の船ですよ」

私は考え込む。このお嬢さんは自分の会社の船に安く乗せてもらって、面白い旅行をしようと思わないのだろうか。

デパートで売場を聞く。

「セーターの売場はどの辺でしょうか」

「セーターでございますか。ちょっとお待ち下さい」

そこで彼女は同僚に聞いている。

「ねえ、セーターってどこだっけ」

この売子さんは自分の店で何割引かの安いセーターを買おうと思わないのだろうか。これほど興味がないのでは、まったく勤めていても面白くはなかろう。

私は決して経営者の立場になり代わって、当節の若い人たちを叱咤激励するつもりはない。職業というものはすべて義務でやれと言われたからやるのだ、ということになれば辛いだけで、自分でこの世界を知ろうとすれば、無限の興味を持てるものなのである。

前に述べた美人の女医さんが、あるとき私に言った。

「私が今の病院に入った頃は、ひどい薄給だったのよ。こう安くちゃどうしようもないからせめて、実物給付でも受けなきゃ損だと思って、自分が立ち合わなくてもいい手術まで見せてもらったわ。だけど、今の若い人は給料が安ければ、安い分だけ早く帰ろうという考え方だから、私たちとがめつさが違うのね」

がめつさばかりではない。何が楽しいかという感覚も、私たちの時代とは、違っているのかも知れない。

妻も知らないあまりに壮絶な姿

ある夜、列車に乗った。私の周囲は社用族らしい男たちばかりである。私の後ろにはその中の典型的な一組が坐っていた。五十がらみの男が窓際にいる。四十近い男が通路側に坐っていて、窓際の男の言うことに、いちいちうなずき丁重なことばで相槌《あいづち》を打っている。

「ただいまの、お話の点は、明日さっそく調べまして……」

まもなく窓際の男が言い出した。

「少し眠っておくとしようか、君も休み給え」

「いえ、私は一向に疲れておりませんが……。本当に少しお休みになった方がよろしゅうございます。私は後ろの席におりますからごゆっくり」

窓際の男は二人分の席にゆっくりと身を延ばして眠り始めた。私は二列後にさがった若い男が窓ガラスに映っているのを眺めていた。彼はアタッシェ・ケースから書類を五、六通取り出して読み始める。ときどきそれに何か書き込んでいるが、窓ガラスに映った姿では、彼は左ぎっちょのように見える。やがてふと気がつくと、彼はボールペンをしっかり握ったまま、ボスと同じように眠りこけていた、疲れているのはむしろ彼の方であったろう。

この中年男の姿はその妻も知らない。むろん子供も知らない。妻子に見せられぬような惨めなものだと言うのではない。ボールペンを持ったまま眠りこけている彼の姿は、妻子に見せるにはあまりに壮絶なのだ。

ある芸者が私に言った。

「一流会社の東大出の部長が、わざわざ改まって上着を着て私に挨拶するんですのよ。女冥利《みようり》に尽きると思いましたわ。それというのも、みんなうちの旦那様のことがあって、私に悪く思われたくないからなんですね」

この名妓《めいぎ》の旦那は、どこかさる一流会社の重要なポストにある人らしいが、私のような世間知らずは、上役の二号さんにまで礼儀正しく立ち廻ることを忘れない男たちの勤勉さが、またひとつの驚きなのである。

一人の人間の美しいひとつの考え方

小説を書いたお蔭で、私も実にさまざまな人々の個性を見た。亡くなった梅崎春生氏はある日突然私に電話をかけてきて（それはまだ私が梅崎氏を親しく知る以前だった）、

「あんたたち夫婦は今に必ず離婚するよ、僕今そう思ったんだ。じゃ、サヨナラ」

とガチャンと電話を切ったものである。私は驚いたが、人間の誠実とは、そのようにして、自分の思ったことを比類ない正直さでもって、相手に伝えることだ

と思った。

池波正太郎氏と講演旅行に出たとき、私が小さな傷をして、通りがかりの町の薬局から当時は消毒液として使われていたマーキュロを買ったことがある。その薬局の主人がどことなく不遜で、いやな感じであると、池波氏は小声で私に囁《ささや》かれた。

「あの親爺の売るマーキュロはきっとききませんよ」

この論法は理屈にも何もなっていない。しかし私は池波氏の中にひとつの作家魂をみた。マーキュロには滅菌作用があるのだと信じることは、ひとつの科学的な態度ではあっても、決して作家的姿勢ではない。他人が主観的であるという理由のもとに、ともすれば排除するべきであると信じているあふれるような好嫌の感情を、これほど正直に投げかけられるのも、ひとつの誠実なのである。

宿屋に着くと、私たちはよく、私たちの最も気重な色紙を頼まれた。すると、大江健三郎さんはそれを断じて拒否するのだった。大江さんの理論は多分こういうことなのである。

我々はちゃんと金を払って客としてこの部屋に泊まっている（我々でなくても講演会の主催者が）。だから書かねばならぬ筋合はどこにもない。そして又、作家は映画俳優とは違うのだから、自分の本に署名することまでは考えられても、色紙にサインをする理由はどう考えてもない。

これもひとつの明確な論理であった。しかし川口松太郎氏になると、別の優しさが加わった。

「ああ、いいですよ。みんな持っていらっしゃい」

それは自分の理屈を通すよりも、他の人々をいたわるという感じで、私はそれも美しいと思うのだ。一人の人間がひとつのものの考え方を持つまでには、その人の長い個人的な歴史と、その人が生きてきた激しい社会の影響が映し出されている。それを思うと私はどのような姿勢にも、まずどきっとするほどの新鮮さを覚える。そして多分に狭量な自分が、このようにまったく立場の違う人々のどちらにも楽しさを見出せるのは、やはり私が女として仕事を持ってきたからだと思うのであった。

3　本当に心から愛せるか

愛は襲われるものである

おかしな話だが私は初めてうちで食事をして頂くお客様に、ご飯をよそうときが、実に意外と気億劫《きおつくう》なのである。

夫と私は戦争中の食糧不足の時代に育った。だから老人になる前の夫は何でもたっぷりなければいやだった。サラダは馬の餌のごとく、ビフテキはゲタのごとく大振りなのを以てよしとする。ご飯も当然、どんぶりのような茶碗にたっぷりとつけるのが好まれる。

ところが、世の中にはこういう荒けずりな人間ばかりいるわけではない。おかずはあっさりしたものをごく少しずつ、お茶碗にはご飯を、ほんの三口分位よそうのが好きな人もかなりいる。私はしばしば、てんこ盛りのご飯を差し出して胃袋の小さな男から食欲を奪う。しかし、もしも私がたっぷり食べたい人に、三口分のご飯しかよそわなかったら、彼は我が家にくればいつも精神と胃袋と両方の飢餓に悩まされるであろう。

くだらない話だが、このご飯の盛りつけ方というのは、私にとって男性とつき合うときの最初の気憶劫な関門のように感じられ、それがあるために、恐らく私は夫を取りかえたり、浮気をしたりすることができないのである。

人間の「愛」とか労《いたわ》りとか言うものは、深く追求すれば底無しではあるが、手始めは相手の望むような程度に、こちらがご飯をよそえるかというようなことなのである。

私は一人の人間が憑《つ》かれたように、一人の男から次の男へと讃美を重ねていき、その間に人間的な苦しみを味わうことを、決して道徳的に悪いと言う訳ではない。しかし私は、女の御多分にもれず、これでもほれやすい性質《たち》だから、かりに一人の男を愛すると、食物の好みから人生観まですべてその影響を受けそうな気がしたのである。

私は急に辛いものが好きになり、ぬるい風呂が健康にいいと思うようになり、流行歌が好きになる。その男と別れて数年経って次の男が現れるとしよう。彼が薄味を好み、ぐらぐらわき立ちそうな熱い風呂を好み、シェーンベルクしか聴かないとしたらどうなのだ。

しかも、不器用な女ほどそれらのことを、心から忠実に相手のためにしたいという希望だけは一人前なのである。

現代は凡人の幸福のもてはやされる時代で、そのような時代には、またつねにそのようなものを歯牙《しが》にもかけないという英雄的な物語が好まれるのである。戦争中の男たちは、妻と別れるのがいやだから戦争には参りません、などとは言えなかった。今、私の知り合いの子供のいない仲のいい享楽的夫婦は妻が、

「今日は会社行くのやめちゃいなさいよ。二人してピクニックに行こうよ」

と言えば、夫はうんうん、と言って、あっさりと会社を休む。この夫が世間の大方の女たちの理想の夫かどうかは別にしても、ともかくそのようなことが可能なのである。そしてそのようなときに家庭の幸福とか、一人の男に誠実を尽くし

たりしたのではないたくさんの女たちの話が、二つの面から私たちの心に思い出されるのである。ひとつは自分にはできない勇気のある行動をなしとげたチャンピオンとして、ひとつは、

「そうだ、こんな不実な男にいつまでも尽くしていなくたって、私は他の男といくらでもその気になればチャンスはあるのだ」

と言う見本として……。

しかし、ものぐさな私の実感としては、愛は目的と方角を持ってかきたてるものではないのである。愛は雷が落ちるように、襲われるものなのである。

すべての人は〝眼がない〟

愛は愛されるべき人間の実体とはほぼ無関係である。もちろんある娘は、一人の青年を誠実で勤勉な男だと思うから、好意を持つのである。しかし、結婚して数年経つと、その誠実さが実は無能のせいであり、勤勉さは小心のためであることがわかってくることもある。

人間が相手の実体だと思っているものの中には、このようにいわゆる「眼がない」ための大きな思い違いがあるが、眼がないという点についてなら本当は、すべての人が眼がないのである。

私の知人のある夫婦は、夫の方が私から見ると我慢できないようないい加減な人物であるにもかかわらず、夫婦仲は極めてよいのだった。

たとえばこの夫は公私混同ということにかけては、不思議な才能を持っていたのである。会社の自動車の運転手から電気屋、大工、出入りの酒屋にいたるまで彼の個人的な便宜に使われない人はなかった。たいていの妻なら、夫のこのような逸脱した立場の利用法について、何がしかの疑惑か不安か嫌悪感を持つものである。しかしその妻は、

「おとうちゃんは本当によく気がつくのよ。まめだし、優しいし、本当に理想の夫ですわ」

というようなことを言うのである。これで夫のけちな汚職が問題になって首にでもなれば、この妻は語り草になるような悪妻になるのだが、たいていの場合、

それ位の小さな職権乱用は問題にならないから、この妻は夫に批判的ではなく、ほれ込んでいただけ得だった、というものなのである。

これと同じようなことは、恋人たち二人がスポーツカーに乗って、速度制限をはるかに越えるようなスピードで車を走らせるときにも言える。時速百五十キロで車を走らせるということは自殺・殺人の可能性を含む大それたことかも知れないのだが、恋をしている娘にとっては、自動車の運転のうまい彼は英雄にしか見えないのである。

ようは、恋とは客観的な真実ではなく、我々がどれだけ相手を誤解できるかということだ。これはある言い方では人を見る眼がないとも言えるが、別の一面ではそれだけ相手をふくらませて考えられるということはひとつの才能なのである。

「当節は命がけの恋愛なんてなくなってしまいましたわねえ」

と言う人がいるが、それは人々が冷静になったのと同時に、度外れの自己投影を相手に投げかけられる才能が少なくなったからでもある。もちろん恋愛の香気をかきたてる第一の要素は、自分たちの恋愛が誰からも支持されていないという孤立無援の孤独感である。親に反対されたって、家出をしてしまえば今では、健康な男女ならその日から職業にありつくことができる。社会も又若い人々に理解がある、というポーズが好きだから、子供たちの恋愛に反対する親たちというのはよほどものわかりの悪いやつだ、という言い方をする。

だからもし若い人々に本当の恋愛の味を味わわせたかったら、親たちも友人たちも、こぞって彼らに反対すればいい。かつて社会の掟や戦争があった時代には、愛し合っている男女がどうしても結ばれないというケースがあった。今の日本には戦争もない、社会の掟もない。恋人たちにとってはともに乗り越えるべき何の苦難も本質的にはないのである。そこで恋は溶けかけのアイスクリームのようなだらけたものになり、「愛の不信」などということがもっともらしい表情で言われるようになるのである。

愛と憎しみとは同質の感情

犬を人間なみに可愛がる人がいる。

南極越冬隊が、タローとジローの二匹の犬を南極に置き去りにしてきたときの、愛犬家の怒りはすさまじかった。なにも、いい加減に忘れて置いてきたのではない。助けようとしても天候その他の状態がそれを許さなかったのだ。あのときは、しかも二匹の犬を鎖でつないだまま置き放したというので、いよいよ愛犬家たちは激昂したのである。

しかし後年、私は北海道に行ってカラフト犬の話を聞き、あのとき犬をつないで逃げたのは、いわば愛情のある処置であるのを知った。カラフト犬は人間に大変忠実なので、あの際鎖につながなかったならば去って行く主人を追って、氷海の中に飛び込むだろうと思われたのだそうだ。

話は脇にそれたが、犬に対する愛は、他の人間に対する愛とはまったく別物である。犬を愛することは、その愛の感覚が快いから愛するのであって、いわば自己愛の変形である。

私の日常生活を見てみると、私は愛していると思っている人に対してさえ、往々にして腹を立てる。私は夫や子供を好きなのだが、それでもなお、だらしのないムスコが私の字引を持ち出したというだけでカッとなったりする。

私は自分の母と四十年近く一緒に暮らしてきた訳だが、それでもその母が年をとり循環器系統の病気の後で判断が少し狂ったようになって、彼女が出て行かなくてもよい親類のもめごとなどに口を出したりすると、一日中イライラしていた。幸いにして私は隣近所には好意を抱いているが、世の中で向こう三軒両隣が腹が立ってしようがないという家庭は実に多いのである。実に地球上に雑草のごとくに遍在しているのは、愛ではなくて、憎しみなのではないかと思う位だ。

だから仕事の上で、あるいは結婚生活で、愛よりも憎しみによって人間関係が保たれているということは、それほど絶望的なことではなく、むしろ当たり前のことではないかという気さえする。

つまり愛と憎しみとは同質の感情であって、ただその表現が表裏になっているのだ。別の言い方をすれば憎しみは、相手に対する関心を前提としているだけまだ救われているのである。関心のない相手には憎しみも愛も持ちようがない。憎しみは醜い関心の形ではあるが、少なくともそれが突然愛に変わる可能性だけは持っている。

その反対に、今まで愛し合っていたと思われる人間関係が、一瞬のうちに崩れる場合もある。憎しみと愛と、どちらが安定した感情かと言えばそれは憎しみなのである。

私はどうも人間の醜い面ばかり確認させたがるようだが、どんな親しい友人に対しても、ときによってはその人が失敗してくれればいいと願う気持ちは凡庸な人間の心をしばしば襲う。しかしこれはいわば衝動的欲求であって、もし現実にその人が失敗し不幸になったならば、それを見ている我々はやはり胸が辛くなってくるのだ。ということは、つまり自分が辛いから他の不幸を望まぬだけだという言い方になるかも知れないが、それならそれでもいい。やはり我々は、よほど憎んでいる相手でもなければ、自他ともに不幸になることを決して望まないのである。

あるとき、凍りついた雪道で、私の車が一台の無謀な自動車に追い越されたことがあった。私はそのとき、ふと、あんな荒っぽい車は電信柱にでもぶつかってつぶれてしまえばいい、と思ったのである。このような復讐に似た情熱は世の中の運転手たちがよく持つもので、正義の神が相手を必ず罰するであろうことを願うものなのだが、実際は決してそうなっていない。

ところがそのときに限って、この車は私の呪い通りになっていたのである。五百メートルも行かないうちに車は路肩の傾斜に首をつっ込み、ヤジ馬がまわりを取り囲んでいた。その途端、私は背中に氷水をぶっかけられたような気がした。誰も知らないことなのだが、もしその運転手が怪我をしていたらそれは私のせいでもあるような気がした。復讐が成就されたという快感はまったくなくて、私の心臓はドキドキ音をたてて鳴り続けた。

愛するに到るまで

愛というものが完成された穏やかなものだと、私はどうしても信じることができない。愛は愛するに到るまでに、多くの場合、血みどろの醜さを体験しており、そして又いったんそこへ到達したとしても、いつ瓦解するかわからぬ脆《もろ》さを持っている。それゆえに愛は尊いのである。

私は修道院の経営する学校で育ったが、そこにはたくさんの修道女たちが居られた。この人たちはいつでも優しく謙虚であり、善意に満ちているように見えた。しかし、その中の一人の修道女があるとき、私に言われたことが今でも忘れられないのである。

「人を愛するって申しましても、そうそう心から愛せるときばかりじゃございません。そんなときでも先《ま》ず、態度だけはその方のためになるように優しく致します。そこから始まるのです」

私は救われたような気がした。心では何と思おうと最低限、態度に表わすことだけを踏みとどまればいいというのなら、私にもできるかも知れない。

心から、という言葉があり、私はどうもその表現をうさんくさいと思った。

第一、心から愛せるのなら、愛の行為はお腹が空いたときにご飯を食べるのと同じ程度の原始的なものではないか。本当の愛とはそのような単純なものであっては困るのである。分裂し、ささくれ立ち、泥にまみれて「これが愛でございます」と公然と顔を上げて言えない状態に到達しながら、なお良きことを希《ねが》うことこそ、英雄的な行為だと思う。

つまり私たちにとって危険なのは、愛に裏切られることではなく、愛を過信して裏切りの結果に絶望する脆い精神なのかも知れない。

Ⅳ　自分が落ち込みかけている穴

愛の書簡4 ——美しさを欲しいとき

凡庸《ぼんよう》な母のなし得る最も偉大なことは、子供が小さいときはただ、生きていて傍にいてやることではないだろうか。

——綾子

とにかく、子供に乳をふくませている女、子供を抱いている女は美しい。子供を抱いている女は、もう女ではなく母である。彼女の存在の対象は男ではなく、子供なのである。

——朱門

1　夫は自分の望むようになるか

夫は引き返せない

そもそも夫を操縦するなどということができるものであろうか。もちろん、妻が夫につねに清潔な衣服を着せ、健康管理に気を配り、おいしいご飯を用意する、というようなことは夫を元気にさせる上で役立つであろうが、今一つの技術として、夫を操る方法などあり得ない。

強いて言えば、夫の邪魔にならないということだろうけど、これは実に高級な業《わざ》で邪魔にならないようにするあまり、妻が息をひそめ過ぎても又、夫は不気味であろう。

しかし、総じて、妻はどちらかと言うと、無能な方がいい。

「このたび、私どもの主人が、先生（私のことなのである）にお仕事のお願いに上がっておりますが、いろいろ不行届きの点はございましょうが、どうぞ、よろしくお願いいたします」

などという電話を貰うことがたまにあるが、こういう賢夫人は、せっかく働きのある夫の脚を引っ張っているのかも知れない。

夫に対する態度は、前にも言ったことだが、たったひとつ、夫の盲目的な支援者になることである。批判的な妻よりも、盲目的支援者の方が、どうも、夫をのびのびとさせやすい。何もかも認めてしまうことである。

「うちのおじさん（夫のこと）不潔でねえ、お風呂、一週間も入らないの」

とクラス会でにこにこ言えるくらい、悪い点でも何でも公認してしまうのである。

もし、多少とも頭と大人げのある夫なら、妻におだてられれば、そうそう真《ま》に受けてのんきにしてもいられないように思い、改めて自分の生活をたてなおすであろう。

しかし困るのは、そのような見通しのよさのない夫である。妻にいくら言われても、バクチをやったり、親類中に借金をして歩くような夫は、結婚して妻子を養うどころか、自分一人だって、一人前の社会人とは言えない。そのような夫を、自分の望むように操縦しろと言っても、それは至難の業《わざ》なのである。

私も初めは夫に何とかして、自分の好むような生活態度を採ってほしいと思ったことがあった。当然、私たちは何度かケンカをした。そしてその結果、夫は簡単に謝るようになった。

「ああ、どうも悪かった。これからはそういうようにするよ」

一応も二応も丁重なものの言い方であった。しかしその声は、彼に、そのような意志のないことを歴然とあらわしている。私は気の毒になり、やっぱり男に何かを改めさせるのは間違っている、と思った。夫は、引き返せないものだし、変わることもできないのだろう。男が盗むことが好きなら、一生盗み続けるだろう。男が几帳面な性格なら、のんびりするのがいいのだ、といくら説明してもなおらないだろう。

父親と二人だけで暮らしてきた娘がいた。彼女は父を大変愛しており、しかも彼女は年若いうちから、一家の主婦としての立場に熟達した。

そこで、彼女は結婚したのだが、夫をつねに父と比べるのである。

「お父さまは、家へ帰るとちゃんと、茶の間へきて、まず私と喋ったわ」

とか、

「お父さまは、道を歩いているとき、少しでも私が遅れれば、すぐ立ち停《ど》まってて待ってて下さったわ」

という具合に、父と夫を比べるのである。すると悪意ではなくとも、家へ帰るとすぐ自分の書斎に入りたがり、道を歩くときに考えごとをする癖のある夫は、自分がひどく冷酷なことをしたように思うかも知れない。

この夫婦は、結局、別れはしないまでも、夫婦仲がおかしくなり、下宿人と家政婦のようになって暮らしている。

もし、かりに私が夫を本当に好きで、しかも相手が盗み癖のある男なら、私は一緒にドロボーになろうと思う。そして、夫が盗みにいそしんでいる妻を見てあわれと思えば、そこで初めて、夫が足を洗う決心をするかも知れないし、そうでなければ、夫婦はともに泥まみれになるだけだ。

夫も妻も、日常、辛いことがいろいろとあるのに、家に帰ってまでそんなに批判されたり教育されたりしたくはないだろう。夫婦は、家では最も弱い、みっともない姿をさらけ出すべきものなのである。

ともに傷つかなければ他人になる

夫に尽すという言葉は、いろいろな解釈があって、妻はなまじっかな個性など持ってくれぬ方がいいという人も多かろう。
ある旧家の奥さんは——その人は今、私と同じ世代だが——旧制の女学校を中退させられて、十七、八で地方の名家の息子と結婚したのだった。彼女はまず、姑の前に坐って、婚家先の店で使っている五十人分の男衆の足袋を縫わせられたのである。五十人分の足袋が買えないのではない。足袋を縫い与えることで、彼女は将来五十人の人間の女主人として、上に立つ身分であることを立証したのである。女学校を中退させられたのも、自我ができ過ぎて、婚家先の家風になじま

ハイティーン時代に、戦後の社会的変化のときを経験した私たちは、まだ高校のうちから、働いて自分で、経済力のもてる人を偉いと思う気分を持つようになったのである。私と違って手先の器用な同級生は、授業中に机の下で手袋など編んで、けっこういいアルバイトをしていた。

それに、どういう訳か（多分キリスト教的なものの考え方によるせいであろうが）私たちの世代には働くことを体裁が悪いなどと思う習慣がまったくなかったので、私は自分が妻として無能な分だけは、外へ行ってお金を稼いでこなければならないと考えていた。

こういう女房を見て、夫がけなげだと思うか、滑稽だと思うか、惨めだと思うかは人によって違うであろう。しかし、もし夫に対して妻がなにがしかの影響を与えるとすれば、それは口先だけのグチや説教ではなく、妻が体中で表現する喜怒哀楽の結果なのである。妻が貧乏を口説くよりも、妻の手のあかぎれを見る方が、夫にとっては辛いであろう。

「あなた、しっかり働いて下さい」

などと口ではっぱをかけられるよりも、夫が何をやっているか解らないままに妻が一生懸命生活と戦っている姿を見れば、普通の男なら、

「ああ、この女をいつか楽にしてやりたい」

と思うに違いないのである。私は「身を捨ててこそ浮かぶ瀬もあれ」というのが好きで、夫婦の間でも、こちらが影響を受けないで、相手だけを変えさせるなどというのは不可能だという気がする。


御主人が事業主であって妻が財産を持っている場合、よく妻の私有財産を夫に提供するべきかどうかということが問題になる。この場合、答えは簡単で、妻もスッカラカンになれば結婚は続くし、妻が自分の財産を守ろうとすれば夫婦の間に信頼は失われてしまう。ともに傷つかなければ、夫婦は即座に他人になるのである。

夫を見る妻の心得

夫婦は暮らしていると、恋愛の初期に感じるような、胸をふるわせるような慕

わしさとか、結婚の当初に感じられるような、新鮮さとかいうものは当然なくなってくる。妻は年々、年をとり、太って身だしなみが悪くなったり、鬼婆のような表情で雑巾がけをしたりする。若いときには一時花のように見えた妻であっても、よほど美しくお金にも時間にも余裕のある妻でない限り、花の面影を長く留めることもできない。しかしそれでもなお（世の中にはまだ魅力的な若い娘が一杯いるというのに）古女房と古亭主が続いているのは、猿回しが猿を操る術を心得ているように、夫婦の間にもちょっとした生活上のコツのようなものがあって、それをわきまえている相手が便利だからである。

たとえば、三浦朱門の場合、彼があるとき突然世の中に攻撃的になり反抗的になったら、それは彼の思想が変わったのかも知れないが、それよりも先ず彼の耳の慢性中耳炎が悪化したと思えばよかった。もちろん彼のものの考え方は徐々に変化しているであろうが、それは女房の知ったことではない。ただ私としては一応彼を耳鼻科の医者に送り込み、その結果を待って、これは本当に思想的変化かどうかをゆっくり考えてみればよいのである。

彼の方にしてみれば、私がある日、

「本当に私、才能がなくなったんだ」

と呟いたら、

「喉にルゴールを塗ってもらっておいでよ。きっとまた赤くなってるんだ」

と言って、ごまかせばいいのである。私は決して甘えたポーズでそんなことを言ったつもりではない。私は昔は一日十時間も机に向かい、原稿用紙と格闘して、結局五枚しか書けなかったから、自分の才能に愛想がつきかけていたのである。


しかし、そう言われて熱を計ってみると七度二分ばかりあり、人混みの多い所に行くと必ず起こるという、ホコリ・アレルギーの鼻咽腔炎《びいんくう》が起きていることがわかる。考えてみれば、一日で無くなるような才能なら、初めから無かったということだし、土台、「才能」などというものがどんなものであるかもわかっていず、私は恥ずかしいような気楽な気持ちになって、そこで先にも述べたように、天下晴れてお菓子を持って、寝に行くのである。

多分家庭というものは、そして夫婦というものは、そのように抽象的なことを具体的に引き下げる作用を持っていて、それが悪く働けば、英雄になれたかも知れぬ夫を、マイホーム・パパに引き下げるが、強いて良い点を探し出せば、夫が、悪性の放射能のように社会から受けてくる毒素を薄める役目を果たすのである。

社会は私の見るところでは決して高級な論理で動いている訳でもなさそうだが、世の夫たちが傷つくのは、その最も通俗的な部分においてであり、彼らの傷が家庭という通俗的な場でなおされることは論理的にも合っているのである。女々しい夫ならもちろんだが、ぐちっぽくない男でも外側から受けた傷は恐らくかなり不愉快なものであろう。

多くの家庭の夫は毎日満身創痍で帰ってくるのだ。彼らを働かせてはいけないというのではない。ときには犬小屋を作ったり、我が家のように女房のお伴をしてすき焼き肉を買いに行くのが、夫の精神的な重荷をごまかすことになるのかも知れない。しかし多くの場合は、妻は夫の傷つき方をよく自覚していて、疲れている夫に対して看護師の役目をこそするべきなのである。正直なところ、仕事というものは家庭にだけいる妻が想像できないほど厳しいものだということを私はよく知っている。

夫の話を受けとめる素地のない妻

夫が家に帰ってくる。怒っている訳でもないのだが、必要最低限のことしか口をきかない。

「今日はどうだった？」

会社で何かなかったのか？　と女房は聞いているのだ。今日も一日は過ぎた。家事とテレビと買物と子供の学校と……。

「別にどうってことないさ」

しかし敏感な妻は、その言葉の中に、どこか小さな嘘がかくされていることを感じる。嘘と言っては言い過ぎになるが、夫の会社で一日に何もないということはない。この退屈なアパートでさえ、小さなことはあった。お向かいの奥さんが昼間からきらきら光るパーティ・ドレスを着てでかけて行った。裏の電柱で電話局の工事が始まったら、隣の棟の奥さんがわざと、その工事の男に室の中が見えるようにカーテンを開け放した。スキヤキ肉が百グラムにつき十円あがってい た、等々。

妻は一日中、待っていたのだ、夫と話し合える時間を。夫が社会の生き生きした風を持って帰ってくれることを……。それなのに夫は黙ってテレビを相手にご飯を食べている。

私は今日、何言喋ったかしらと妻は考える。買物に行ったときを入れても、十言ぐらいだろうか。子供が学校から帰ってきたときも、

「今日、学校でなにかあった?」

と聞いたのだが、子供は、

「別に何もないさ」

とまるで父子《おやこ》でしめし合わせたような返事をして、さっさと遊びに行ってしまった。私はまったく誰からも取り残されているんだ。

妻の立場からみればもっともなのだ。しかし、恐らく夫の側からみれば、妻に会社の話をするということは実にめんどうくさいのだ。

多くの妻は、組織というもののからくりがわからない。そこに登場する人物もわからない。会話というものは、

「ほら、きのうのあれね、あれ、あっちへ送っといてくれ」

みたいな言い方が通じてこそ、初めて、気楽に話せるのだ。けれど、うっかり喋って、

「どうして、そういうとき、あなたの意見を通そうとしないの？　今、民主主義の時代でしょ。それなのに下の意見を通さないのはまちがってると思うわ」

などとトンチンカンな意見を女房に言われたりすると、亭主はそもそも会社というものは、決して民主的でも何でもないものだというところから説明してかからねばならなくなる。

これはつね日頃から、自分の仕事のことについて語らなさすぎる夫の罪なのだが、家庭の妻の非常に多くは、夫の話を受けとめる素地がないのである。私が共

稼ぎをすすめるのは、ひとつにはその意味もあるのだが、だからと言って妻がひがむことはない。

妻が男の社会をわからないことを愛し、気楽だと思っている夫は実に多いのだから、妻は夫の話をきこうなどとせず、もっぱら、今日あったことを自分が喋ればいいのである。

私は女のお喋りは、ほとんどの場合美徳だと思う。夫は必ずしも真剣に聞いていないかも知れない。しかし女房のお喋りはそれだけで家庭の味であるはずなのだ。

2　この世の中を一人で歩けるように

私に起こった二つの出来事

子供が生まれることになったとき、私はひどい悪阻《つわり》になった。たちまちにして、四、五キロ瘦せた。私は寝たきりになり、ある日、喉のあたりが切れたのか血を吐いた。

私たちがカトリック教徒でなくて、今風のものの考え方をする家族だったら、この辺で、「母親の体をラクにする」ことを考えたかも知れない。

その間に、私は『遠来の客たち』という作品が芥川賞候補に選ばれたことを知ったが、何かそれはひとごとのようであった。というより、それらの二つの出来事の重味の質がまったく違うので、とても比べることはできなかった。

芥川賞は当然、貰えなかったのだが、作品が『文藝春秋』に佳作としてのるという知らせがあった頃、私はやっと少し起きて出歩けるようになっていた。私は毎晩女の子の名前を考えながら寝た。男の子なら太郎だと、夫はもう決めていたからだった。自分が朱門という本名のおかげで、東大をお出になったからですか、とか、ずいぶんへんなことを言われた。子供の名前は、どんな商売にも向くのがいい、と迷わずに太郎であった。

しかし女の子の名前を考え出すと、私は毎晩眠くなって寝てしまった。そして何も決まらないうちに一月二十三日、太郎が生まれた。

生もうとして生んだ子ではない。若い二十九と二十三の夫婦に自然にできた子であった。そして子供がお腹にできたときに芥川賞の候補になったということは、私にひとつの実感を与えた。子供の方が実で、文学は虚だという思いである。今ならこの思いをもう少し別の言葉で言いあらわせたかも知れない。例えば数十篇の長篇を書くより、子供を一人育てる方が本格的な仕事をしたことなのだとか……。

私は少しも賢い、余裕のある母親ではなかった。子供はまもなく乳児脚気《かっけ》にかかり、ひどい下痢が続いた。私の方はぼつぼつ小説を書かねばならなくなっていた。

もし母や、手助けをしてくれる人がなかったら、私は体がまいるか、小説を書くことをやめるかしなければならなかったろう。幸いにも育児のベテランの女性が現われ、その人のちょうど月給の分くらいしか私は収入がなかったにもかかわらず、私はそのお金を出すことくらい少しも惜しくはなかった。そこで実際問題として、太郎はその女性の指導でアメリカ式にうつむけで育てられ、それで彼の後頭の格好はまことによく成長したのである。

先日、あるところで、私は子供を殴ったことがあるか、ときかれた。殴るというより、ぶちましたとも、と私は答えた。ときにはかっとして、前後の見さかいもなく……。もちろん、話ができるようになるまでのことですけれど、と私は答えた。私は能のある母親ではない上に、仕事をしていて忙しかったし、いわゆるよくできた母親ではまったくなかった。しかし、そのかわり、私が仕事をしていた上で、私はひとつだけ子供によいことをしてやれた。それはいわゆる神経質な母親にはならずにすんだことである。

子供に期待する第一の点

小さいとき、私自身はピクニックに行けばりんごもナイフもアルコール綿で拭くような生活をさせられていて、親の心づかいとしては充分に感謝しなければならないのだが、そのせいかひどく体が弱かった。私は子供には自然な生活を望んだ。床に落ちたアメ玉もしゃぶらせ、ご飯を食べなくても、いちいち心配しなかった。人間は、一日や二日、水さえのんでいれば餓死することはないし、ほっておけば人間は心理的にがつがつして実際の食欲もでるのである。私は彼がつねに与えられてしまうのではなしに、望むものを与えようとしたのである。

この方法が比較的うまくいったように思ったのは、小学校の高学年のとき、息子が数人の友人を海へ招《よ》んだときであった。私たちの家は、畑の中に立っている。その土地の産物を食べるのが自然だから、私はそこへ行けば、いつも地主さんの家から新鮮な作物をわけてもらうのだが、何しろ、この大都市周辺の近代農業というのは、形が変わっていて、春はキャベツ、夏は西瓜、冬は大根と、この三つしか作らない。玉ねぎなど農家の人も農協で買うのだ。

それは夏であった。私は西瓜を五つ買って玄関に並べた。うちの家族だけでも、ここへくれば、一日に一個食べる。子供たちに、思う存分、とりたての西瓜を食べさせてやりたいと私は考えた。

ところが、都会育ちの子供たちは、どうも様子が違うのである。彼らは魚より、鶏のモモのフライの方がいいらしい。野菜サラダには手を出さない子もいる。食後に太郎が、

「西瓜たくさん食えよ」

と言っても、皆もじもじしている。アイスクリームあげようか、と言うと、今度ははっきり「うん」と言った。

「どうして、西瓜嫌いなの？」

と私がきくと、

「だって種をとるのがメンドくさいもの」

と答える。傍で太郎がひとり、がつがつと西瓜を食べている。この子はいまだに西瓜がごちそうなのである。

体と心の包容力の大きな子であることが、私の子供に期待する第一の点であった。夫は彼を毎日曜ごとに自転車のりにつれ出した。その頃の鍛練と中学へ入ってからの陸上のおかげで、彼は競輪選手のようなたくましい脚をしている。

母が願うささやかな生

体が丈夫で何でもやれると思うこと、これこそ、男女を問わず第一の「人間的」な要素である。私自身も、いわゆる中年期には、心の健康はともかく、肉体的にはかなり強かった。長い距離を歩けるし荷物も持てる。

息子が、小学校六年生のとき、小堀流の水泳を習わせた。オリンピック式に速く泳げることよりも、私は水を読むことから始める日本の古式泳法を習わせたかった。彼はその年に早くも家の傍の幅六百メートルほどの湾を泳ぎ切るようになり、その翌年、さらに長崎の鼠島《ねずみしま》の水練に参加してからは、一応水の中で身を処する自信をつけたようだった。

　ある日、私の家にお客さまがあった。

「太郎ちゃん、大学なんかうまく入れなかったら海人《あま》になれよ。今、もぐってみせると、いい金になるんだってよ」

「どれくらいになるんですか」

「一日、六千円になるんだって」

「悪くないですね」

　彼は来年は潜水学校へ行こうとしていた。

　その午後、新橋の料亭に始終出入りしている人が遊びにきた。

「太郎ちゃん、高校なんか行くより、新橋で、人力《じんりき》引く人にならない？」

　彼女はきっすいの東京人らしく、人力車《じんりきしや》をリンリキとなまって言うのだった。

「一日どれくらいになるんですか」

「最低一日三千円くらいにはなると思うわよ。第一、夕方から出てくりゃいいんですもの」

「悪くないですね」

お客さまが帰ってから、私は息子に笑った。

「一日で二つも職が見つかったじゃないの」

「うん」

海へもぐったり、美人をのせて人力車をひいたり、どちらも悪くない。もっとも、私がもっとまともに育っていたら、やっぱりそんな職業はいやだ、と思うかも知れなかった。しかし、私は家庭のしあわせを信じられなかった。戦争があって、人々が呆気なく死ぬのを見た。十パーセントぐらい本気で、私の今の人生も余生だと感じているところがある。その上、カトリック的な感覚が、私に、流されることを教えた。神の意志というものを木偶《でく》のように渇望する。

息子の未来についても、私は他の母親のように型にはまって考えることができない。息子が最低限、飢えずに生きられることを思えれば、私はほのぼのとした思いになる。大地にはいつくばり、星を眺めて、ささやかな生を生きれば、それは最も凡庸で宗教的な一生を送ったことになる。

一人の大切な〝人間〟のけじめ

しかし、私も少しは人為的に子供を教育はしているつもりだった。

私は子供が正直な人間になることを願った。バカ正直などではない、ケタはずれに大きい自由な正直だ。そのためには、虚栄心も、権力へのへつらいもあってはいけない。とりつくろうこともない。

それから人間に対するとらわれない心を持つこと。私は年に一度くらい、息子にきちんとした服をきせて、できるだけもったいぶったレストランへつれて行き、ややこしい料理を食べさせる。どんな場所へでても、おどおどしなくてすむためだ。あとの三百六十四日は、地面の上にでもねられるように、折あらば訓練する。

そうすれば、彼は自分がただ、限りなく平凡なひとりの人間であって、それ以上の何ものでもないことを知るだろう。金や、住居や肩書や、そう言ったものが、人間の本質の上で、ほとんど意味を持たぬことを知るだろう。そして他人に会うとき、彼は場所や、衣服などによって本当に相手をあがめたり、みくびったりすることもなく、いつもただ、一人の大切な「人間」として向かい合うことができる。

将来はわからない。しかし今日のところまで、彼はおおむねその線にそって、のんきに成長してきた。

しかし誰もが平等な人間といっても、別のけじめのつけ方はあるのである。

私は学校の先生を、家でも必ず敬語で話す。お母さんの中に、息子の先生を「××クン」などと言う人がいるが、私はそういう風潮はいやだった。

先生はつねに先生なのである。先生が自分の子供を誤解しているのは、先生に眼がないからだとは私は思わない。先生は（将来思想的な、問題でも起これば別かも知れないが）まず先生であるというだけで正しい。少々理不尽でも、向こうが正しい。子供が自分をわかってもらえないと言ったら、彼が、わかっていただくように努力すればいいのだ。

私は先生に敬語を使うように命じた。息子の敬語の使い方などは、昔から思うとなっていなかった。しかし使える限り使うように私は言った。目上に対しては、ドアの所ではドアをお開けし、重い荷物を持っておられたら、お持ちするように言った（多分、太郎のヤツ、そんなことをやってはいまいが）。それが点とり虫、おべっか使いに見えると言われようと、断じてやることを私は命じたつもりであった。

「まわりがそうだから、うちも」

という言い方を私は認めないことにしている。どこの家にも、その家のよさと悪さがある。太郎よりもよい母をもつ子は多い。しかし太郎の父よりももっと子供をかまってくれないお父さんも多いのだ。

自ら切り開いていく自覚

そもそも、生活というものは、めいめいがそれぞれに悩みを抱えているはずのものだ。昔は、貧乏で弁当を持って来られぬ子も、修学旅行に行かれぬ子もあった。しかし今は、民主的世の中で、誰もが同じことをできる権利があると子供ばかりでなく親も信じがちである。そんなはずはない。権利は人間として基本的な線においてのみ平等であるだけで後は、個人の性格、運不運、才能、勤勉さ、努力するかしないかによって当然違うのが当たり前なのである。

子供にテレビを禁じたときもそうであった。長い間、我が家には、生活の中にテレビというものがなかった。一日に一分間もテレビの鳴らない日がほとんどだった。十二インチの小型テレビはあったが、それはお手伝いさん専用で、私たちが仕事の上で、何かどうしても見なければならぬ必要があるときだけ貸してもらっていた。テレビのない生活のこの爽やかさを、私は何と言って表現していいかわからない。私たち親子は、ご飯の間もその後も、何か始終喋っている。政治の話、スポーツの話、歴史の話、人の噂話、漫画の話。親子の間で会話がない家庭なんて、うちではとうてい考えられなかった。そして太郎は、つまりテレビがないから、勉強がすめば、時間をもてあまし、昔のことだからレコードでクラシックを聞くか、楽器をいじくるか、本を読むかしなければならない。「本を読みなさい」などと無理強いしなくても、自然に、読書でもしなければ、まがもてないのだ。

青春とは、いや、生活とはそもそもこういうものであったはずだ。すべてを自分で選んでとってくるものであった。テレビのように、お見つくろいの作品を棚ボタみたいに口をあんぐり開けて受けるものではない。文化も学問もいずれも、自分から努力して摂取してくるものなのだ。

3　心の最も弱い部分

引き戻すことは不可能である

息子が、中学三年になった頃、私はつくづく考えた。今度、高校受験だ。中学三年生の望みなど、いつ百八十度転換するかわからない。しかし、夫の言うことを、いつも盲目的に信じることにしている以上、息子の言うことも又、信じねばおかしい。そういう理由で、私は、彼が考古学をやりたいという希望を、小学校三年生のときから認めてきたのである。

私はそのために、まず彼に体力をつけさせたいと思った。野外学は、半分は体力の学問である。土方《どかた》ができねばならない。食事はどんなものでも食べられ、どんな所ででも眠れねばならない。泳ぎ、スキー、船をあやつること、魚釣り、射撃も将来は必要かも知れない。

彼は私たち夫婦に似ず、運動と音楽が好きであった。運動は陸上の選手だし、泳ぎも潜りもうまい。その彼が数年前、トランペットを買ってくれ、と言い出した。先生にもつかず、レコードだけがお手本だが、けっこう音もよく出る。彼の夢は、数年前連れて行ったメキシコで、ミトラやモンテアルバンの広大な遺跡を掘って暮らし、夜ともなれば、村人たちとトランペットを吹いて楽しむことだというから、甘い話だが、私はそれを信じることにしたのである。

しかし、トロイの遺跡を掘り当てたシュリーマンのように、偉大な夢が現実になるという幸運な人はめったにいない。私が、こうして、まだ海のものとも山のものとも知れぬ息子の未来の夢を、世間に吹聴するのも、実は信じているといいながら、そんなことはありえぬと思っているからだろう。客観的に信じられなくても、親は子供に対してはそれを信じてやらねばならないのである。

親が子供に対して果たさねばならない最もむずかしい仕事は、子供との上手な別れ方であろう。

私の手許にも今、息子が、小学校二、三年頃の写真があって、それはほんの二センチ×三センチくらいの小さな写真なのだが、私はそれをいつもハンドバッグの中に入れて持ち歩いている。その頃の彼は、まだ完全に「私のもの」であった。抱かれるのを喜び、いっしょにおネンネもした。

今、息子はときどき、ふざけて私を背負ってくれる。六十二キロ、一七一センチの彼は、あらゆる体力において私にたちまさっている。そして、この子は、できない学科はまるっきりだめだが、自分の好きな世界だけでは、私よりはるかに深い知識を持っている。私はとうてい彼を引き戻すことも、そんな子の進路を自分の好きなように手を加えることも不可能なのだ。

子供は親とは別の人生なのだ、ということを理論としてわかっている人は多いが、それがうまく実行に移されてはいない例が多い。

たとえばある種の性格の男性は、母親があまりいたれりつくせりにしてくれたために、どのような妻にも、それと同じことを要求する。

しかし母親と同じ程度に気のつく若い娘などというものは、めったにいないから、彼は結局、結婚できないのである。あるいは、母親との連帯感があまり強いために、結婚しても夫と本当の夫婦になり切れぬ「娘妻」がいくらでもいる。

親は、子供を早目につき離さなければならない。孤児になっても、この世の中をひとりで、どうやら人を信じて生きていかれるようにしてやるのが最もいいのだ。

それには、子供の好きな道を歩かせてやるほかはないだろう。親が一生、子供の生活の責任を負うわけにはいかないのだ。

〝コロシテヤル〟とうずくまった私

今でも私が不思議に思うのは、私はどうして、ああ幼いときに、あんなに未来に希望を持っていられたか、ということであった。

私の育った家庭は、主観的には、ちょっとした地獄のような思いがしないでもなかった。もちろん、今日食べるものもない、着るものもない、借金の当てもない、という形だけが不幸とすれば、そのような経験をしなくてすんだ私たちはまったく不幸ではない、という言い方もできる。

しかし一家の父が無類の気むずかし屋で、その気にさわるようなことをすれば、私たち母と娘が、その罰として夜通し父の説教を聞くために、眠らせてもらえないというような状態は、やはりまだロウティーンの女の子にとっては、かなりつらいものであった。

さらに父がもう少し、気分の悪いときには、父は暴力を振るったので、それを防ぐために、私は父に向かって行き、そこで父に殴られて、顔を腫らし、みっともなくて学校へ行けないような日もあった。私が外見から幸福な家庭を信じなくなったのは、その頃からであろう。

しかし、それでもなお、私は未来は必ず明るくなるように信じていた。いつか私は独立して、この状態から抜け出して、誠実にさえ生きれば、百パーセントとはいかなくても、九十八パーセントくらいは心の通じ合う人々と生きていけそうな気がした。

その希望は、私が天性、楽観的な性格だからそう思ったのかどうかよくわからない。しかし、さすがに私は今は、

「明日という字は明るい日と書くのね」

などとは思わない。現実は限りなくただそのものであって、それは明るいかと思えば暗く、底なし沼かと思えば足がかりもあり、長いようで短く、動くかと思えば奇妙に動かないそんなものであった。

しかし私は、子供の頃の暗い家庭生活によって、性格が歪《ゆが》んだとも思わないし、たとえ多少いびつな人間になっても、それはそれで私の個性なので、かえって円満な性格にはない柔軟ささえ多分持っているはずなのである。私にとってしあわせだったのは、私が幼いときから、そうして世の中の現実に厳しくふれられたことであった。

私は温室育ちではないから、まだ六つ七つのときから、ある人間を憎むあまり、

「コロシテヤル、コロシテヤル」

と泣きながら、部屋の隅にうずくまっていた気持ちが今でも忘れられない。

まだ若い時、私は座談会に出た。法律学者や警察関係者が出席者のほとんどで

あった。そこで轢き逃げの話が出た。私はふとまわりを見廻した。この中で、最も轢き逃げをする可能性の強い人間といったら、恐らく私なのである。当時自分で車を運転する人間は今ほど多くはなく、その席でも、私ひとりが運転者側を代表していた。

私は昔、子供心にも「コロシテヤル」と思った自分の醜さと弱さを考えた。すると私は、轢き逃げさえもやりそうな気がした。私は、一、二分の間、自分が事故を起こしたときのことを想像していると次第に轢き逃げをする人の気持ちがありありとわかり始めた（いったい私は、立派な自信のある人の心はよくわからなくて、弱いダメな人と言われている人の気持ちばかり、よくわかるのだが）。いきおい私の発言は、始終轢き逃げ犯人側の心理になった。

すぐその後で別のやや文学的な座談会があった。私は轢き逃げ犯人側の感情移入を、まだ心の中に持ち続けたままの状態で会に出席した。

座談会は気楽なものであったので、自然に私は又轢き逃げのことを喋った。すると同席していたある作家にあとで、

「その女流作家は轢き逃げする人間を肯定していた」という意味のことを書かれてしまった。作家こそ、弁護士や心理学者同様、あらゆる立場に立てねばならぬのである。というより人間の弱味に完全に同化できる部分がなければならないはずである。

私は親たちが、立派な夫婦でなかったことを今では感謝する他はないのである。私はその二人の間で傷ついたからこそ、人間の弱い心の部分がわかるようになった。刑務所へ入っているような人は自分とは別人だと思わないですむようになったのだ。

母性本能を失った女たち

私は小説家などになってしまったからこそ、親たちがどのような人間でもよかったのであった。

逆の方向から言えば、私は自分に与えられていた環境を何でもこれは意味あることなのだ、と思おうとしたし、それにやや成功したと言える。小説家になるのだったら、私の父母はまだ立派すぎる人々だった。親がもっと理不尽でも、それはそれなりに子供としては受けとめ方があるのである。

もっとも世間の子供たちは皆小説家になる訳ではないから、親はものわかりよい平和な家庭を作っていた方がいいに決まっているが、完全な家庭というものも又少ないから、親たちは、自分の家庭が歪んでいることを必ずしも恐れる必要はない。むしろ現代は、そのような面でも過保護なのである。

しかし今、社会的にとり上げられているのはそのような小さな歪みではなくて、もっとはっきりした、たとえば「母性を失った女」たちなどのことであろう。

子供を捨てる。赤ちゃんを車の中へおいておいて、夫婦でパチンコをしている間に熱中症で死なせてしまう。子供を殺す親さえ出ることを世間では「鬼のような母親」と言って非難する。

そこまでいかなくても、母親がゴルフやマージャンに出歩いて子供をかまわなかったり、職業婦人であるがために子供を鍵っ子にする、というような問題がでてきている。つまり、子供より自分の生活が大切になってきたのだ。

母親の子供への愛が、特に崇高なものだとは私は思わない。子供をかわいがるのは本能的なものであろう。第一、母親が子供を育てるときに、いちいち自分は崇高なことをしているなどと思うようだったらやり切れない。

友人の娘は当時、小学校の一年生であった。

「ママは、ミイちゃんのこと考えてるね」

とある日、彼女は母親に言った。

「どうして、そう思うの？」

「だって曲がり角んとこへくると、自然にママの手がミイちゃんの背中にのびてきて、自動車にぶつからないようにしてるもん」

「うん、まあね」

「だけどミイちゃんは、ママがどうしてそんなことができるのかわからない。だってミイちゃんは自分のことなら気になるけど、ひとのことは平気だもの。自分が痛いのはいやだけど、ひとは平気」

友人は答えた。

「ママだって昔はできなかったけど、ママになったからできるようになったのよ。だからミイちゃんだってママになったらできるよ」

母性とはこういうものであろう。女はそうなるのが自然であって、特に偉大なことではない。しかし、もし自然になるべきなのに、なれない母親がいたら、それは体の奇型と同じように当人の精神が、未発達だったり、病的だったりするのだ。それを「鬼のような母親」という言葉で、果たして非難さえしていればいいものだろうか。

自分の人生を持てなくなった人たち

母としてしか生きなかった人たちが老年になって、まったく楽しみもなにもない、暗い老人になってしまう例は意外に多い。なぜなら、母としての仕事しか彼女たちにはなかったのだから、子供たちが成人して、夫も死んでしまったりすると、その人たちは、自分が何をしていいかわからなくなる。孫の世話をみたいが、孫には娘か嫁が直接責任者としてついていて、おばあちゃんの出る幕はあまりない。すると、そのひとは、もう自分の人生は終わったかのような錯覚を持つのだ。

第一、毎日何をして暮らしていいかわからない。子供のための縫物、食事ごしらえ、その他の配慮がいらなくなったら、何がこの世で残っているのだろう。

私はよき母であったがために、年とってから自分の人生というものを持てなくなった人を何人も知っている。

しかし又、若いうちに自分の楽しみを確立し過ぎてしまった人も知っている。

ある夏、私の海の傍の家には、例によっていろいろな人がきていた。夏ともなれば、たえず誰かが泊まっている。私は自分の息子も他人の息子も区別なく「起きなさァい！」「顔洗ってェ！」「お風呂！」と大声で一日中どなっていたし、食事どきともなれば、多い日には、十人くらいがごろごろしていて、とてもまともなお料理などできないから、庭に置いてある炉の上で、あらゆるものを焼きながら食べるバーベキューの夕食をすることも多かった。肉や魚、サザエ、ナス、サツマイモ、干もの、サツマアゲ、アップルパイ、何でもその日にあるものを焼いて、ニンニク入りのお醤油で食べる。

そんなある日、大人のお客さまがあった。こういう食事は一人や二人ふえたって何もあわてることはない。ご飯が足りなくなればパン、パンがなくなればインスタントラーメンを食べて貰えばいい。

その日も、テラスでご飯を食べていたのは七、八人だったろうか。普段自分の家では、縦のものを横にもしないそのお客は、まだ四十代の初めの、神戸の人であったが、彼も誘われるままに、お皿を持って炉の傍に坐らされ、食事というより、動物の餌場に近い賑やかさに加わった。そしてその騒ぎがひとしきりひいた後で、彼は私に、

「羨ましいですね、僕の家にはこういう光景は一度も見られないんです」

と囁いた。夫人はきちんとしたことが好きな人だった。お花のお師匠さんとしては有名な人らしく、始終出歩き、夜もおよばれと称する外出が多かった。子供の友達にもきちんともてなさないと気がすまないので、いきおいそれだけの用意

ができないときには、招《よ》ぶのを禁じた。

「帰ったら、さっそくうちでもこういう炉を作りましょう」

と彼は言った。

しかし、私はこの人の夫人のことも責められないのだ。夫人はきっと子供を集めてごろごろしていることに向かない性格なので、それで普通の母にできることをしないだけなのだ。

母のなし得る偉大なこと

親は何をすればいいかと言われても、私は答えがわからない。いいことくらい、ここで私が改めて言わなくてもわかっているだろう。

私はむしろ人為的に、こういう親になろうと思わないことにしている。ただ、子供に、弱い親であっても一生懸命生きているという、姿をみせられればそれでいい。

その上で苦しみがあれば泣いている母、辛いことがあってもどうやら笑おうとしている母、お金が足りなくてヒステリーを起こしている母、お父さんの浮気に逆上した母、それらを自然に子供に見せることが一番のように思う。

そんなことを言うと、それじゃ母としての努力は何もしていないじゃないか、と言われるかも知れない。しかし、善きことを、美しきことを、和《なご》やかなことを願わない母はどこにいるだろう。もしそうでない母がいたら、それは病人だから、別の形で労《いたわ》らねばならないのだ。

そして強く、美しく、立派であろうとしてもなお失敗する母の姿そのものが、植物がみずからの朽葉《くちば》を肥料とするように、子供の人間を見る目の役に立つ。その誰にでもできそうなことを認めなかったら、誰が人の親になるなどという無謀なことを敢えてやるだろう。

私は中学の二年生のとき、終戦を迎えた。戦争は子供の私にさまざまなことを教えてくれた。女子工員の経験、地べたの上にねること、お菓子のないこと、人は何のために死なねばならないか、明日まで生きていられそうだという日がくるのはいつのことかと考えること……等々。

終戦を機に父母の持っていたささやかな預金も、全部その価値を失った。私は何もないところから出発できたのだ。何かを残してやることより、子供に重荷を与えない親の方が、どれだけ親切か知れない。

今でも親のために、自分は好きな人と結婚しないで親が望むような相手を選ぶ、という娘さんがいる。財界人の家庭などに多い。その多くは、親の望むような相手を自分もいいと思う娘さんたちだから悲劇ではないが、もし娘が本当に人生に対する好みを授かっていたら、これほど気の毒なことはない。

しいて言えば、子供が小さいときはただ、生きていて傍にいてやること。それだけが凡庸な母のなし得る最も偉大なことかも知れない。

4　一生の運命の鍵

自分の行為を信じるために

一見しあわせそうに見えるお嬢さんや、家庭の主婦であっても、その底に深くよどんでいる苦いものがない人は少ない。

ひとつは自信を失うことである。

若い娘さんは、特別に積極的な性格でもない限り、若い男が、自分を認めてくれるのを、手をこまねいて待っていなければならない面もある。

男が声をかけてくれないからと言って、その女性は決してとりえがないという訳ではない。むしろぬきんでて頭がよかったり、美人だったりすると男性は恐れて近寄らない。そしてこれらの優秀な娘さんたちは、思い通りに結婚の相手がみつからないことで、まず世の中に対して失望していく。努力してもどうにもならないということが、この世にあったことを知るのだ。これはまさに、人間の本質にかかる不合理である。

妻も又、さまざまなことで自信を失う。

自分は夫の十分の一ものがわかっていない、と妻は思う。もちろんその逆もあるだろう。それに結婚以来、十数年経ってふと気がついてみると、ろくろく読書などしていない、ということにも気がつく。読んでいたのはマンガと週刊誌と婦人雑誌だけ。社会も代数も子供の方がずっと詳しい。

とり残されたと思うのである。

それを救う方法はひとつしかないのだろうと思う。自分で歩き出すことだ。

正直に言って、今日、家庭の主婦でいながら社会と結びつこうとすることは、実にむずかしいことである。毎日の生活は大切なことなのだが、何か当たり前の仕事みたいになってしまう。それを偉業だと言ってくれる人もなければ、経済的に特に評価してくれるのでもない。自分の行為を信じるには、私の場合、多少とも神がかりになることで……つまり、神がそのようにすることを命じているのだと思うほかはない。

　神という言葉をきいただけで、胸が悪くなるという人にはおすすめできないが、この何者かの眼によって背後から支えられるか、命じられるかされていると感じることほど、私にとって気が楽なことはない。

　私が小さいときから祈ってきた聖イグナシオの祈りに、

「我が知恵、我が記憶、また我が意志をことごとく受け入れたまえ。それらはすべて主の賜《たまもの》なり」

という一節があった。

　えらくいい子になったように見えるので、この精神を別の言葉に翻訳すれば、

「わては何も悪るうないでえ。こうなったんは××のせいやァ」

ということである。私は大きな方向は自分で（決めたいと願い）、小さな部分では流される（ことは致し方がないと思う）ことにしている。いや、その逆かも知れない。人間に決められるのは晩のご飯のお菜くらいなもので、お菜だって、マーケットへ買いに行ったら、予定して行ったものがなかったということはざらなの

だ。大きな運命にいたっては、人間は何ひとつ、自分で決めた訳ではない。私たちが、二十世紀の終わりに、日本人として、それぞれの家庭に生まれ合わせたこと、どれひとつとってみても私の意志ではなかった。私たちはその運命を謙虚に受けるほかはない。

自然に流されること。それが私の美意識なのである。なぜなら、人間は死ぬ以上、流されることが自然なのだ。けちな抵抗をするより、堂々とそして黙々と、周囲の人間や時勢に流されなければならない。

同じ家庭内の仕事だけに留まっているにしても、そう思えば本当は孤独でなどありようはないのだ。なぜならその人は、そのように生きることを神から命じられているからだ。そしてその人の行為は、誰からホメられなくとも、それは単独に、そのことじたい、立派に完結して輝いている。自分の行為を、他の人によって評価されねば安心できない人は、そこでいつもじたばたすることになるのだ。自分が満足できることをしていたら、わかってもらえなくてもいい、と考えられないだろうか。

外に向かって心を開かなくなるとき

前からたびたび書いているように、私はひどく精神的にもろい人間である。

母が脳軟化のあと失語症になったとき、それは私にも感染して、長い間、ものがなめらかに言えなくなった。いつもお喋りなんだから、これでちょうどいいや、と私は自分に言い聞かせることにした。

不眠がひどくなって発狂恐怖がでてきたとき……これはどうにもしようがなかった。今のように元気なときこそ、私はもし自分が本当に悪くなったら、セシエーの『精神分裂症患者の手記』に匹敵するような精神状態のレポートを書いてみせる、などと考えている。しかし本当に悪いときには、病人は決して外に向かって心を開かないものなのだ。自分が喋ろうとすると、どんなに表現しようとしてもそれが不正確に思えるので、会話は口に出さない前から心の中で、ブーメランのように投げてもこっちへ帰ってきてしまう有様が見え、従って何も言わなくなるのだった。

そのとき、私は一人の神経科のお医者さんから「自然にする」ことを教えられたのだった。苦しいときは苦しむ他はないのだということ。眠れないときには起きていること。無理して小説を書くなどということは、外からみるとまったく不思議に思えるということ。

私は自分に対して苦笑することができた。私は図々しくも偉人になろうとしていたのかも知れない、と考えた。それはまったく滑稽なことなのだ。

その前から、私は精神分析に関する本を読んでいた。アドラーや、メニンジャーや、フロム、それにクレッチメルなども読んだ。それらの本を読むと、私の症状は手にとるようにわかるので、私は改めて自分が「ばからしい」ように思えてきた。

私はそれを手がかりに、自分が落ちこみかけている穴から這い上がろうとした。私はニセ医者程度には、その方面の臨床例にもくわしくなっていた。

ある年、私は親しい友人の夫から電話をもらった。妻が急に物が食べられなくなり（文字通りの意味で）入院中なのだが、どこを検査しても悪くないという。

しかし女は甘いということは確かである。女はいつも、自分だけが不幸なので、世間も自分の身上話だけは聞く義務がある、と思うのである。

テレビを聞いていた。ひとがかけているのを音だけ聞いていたのだ。するとアナウンサーが、

「この一族の中からも、多くの人々が戦争で死にました」

と言っていた。前後のつながりは何もわからない。しかし、そのさりげない言葉の中に含まれる悲しみが、私の胸をうった。誰が生きて誰が死ぬのか。ひとの死も、要約すればこうなるのだし、だからこそ、

「人生は一行のボードレールにもしかない」

という言葉が生まれるのかも知れない。

かつて私はタイへ行ったとき、泥色のメナムの河畔に長い間立って考えていたことがあった。この川は、山田長政がいた十七世紀の頃から同じ水の色を見せて流れ続けているのであろう。昔も今も、人々はこの川の両岸にむらがり、この川を使って商売をし、生活をしてきた。人々は今でもこの川の水で茶碗と体を洗

い、水の中で排便した。

人々はこの川のほとりで結核になるのだ。一昔前のタイで、何が恐ろしいかといえば、癩病でもコレラでもない。結核だという人がいる。開放性の菌を持った患者が多いからだ。私は耳をすませた。すると気のせいか、陽気な川の騒音の間にあって、結核菌が人々の肺をカイコが桑を食べるようにモサモサと食っている音が聞こえるような気がしたのだった。人々はこの川のほとりで呆気なく生まれ、生き、最後には結核菌に体中を食われて又呆気なく死ぬのだ。

これはタイだけの話ではない。どの国のどんな人も、これと同じような運命を持っている。大統領、世界的な画家もスポーツ選手も、その運命の外にはいない。

慎ましくなければいけない、というより慎ましくならざるを得ない。自分だけが、ということはあり得ない。人間が自分で抱えられる一生の運命の鍵はメナムの満々たる水量に対してバケツ一杯分の水量くらいなものだろう。

しかし世の中にはもっと積極的な人もいる。十グラム少なく肉を売った肉屋を悪徳商人として怨み、子供の学校の点が一点解釈の相違で悪くなっても、先生にどなり込む母親があるという。

世の中が正当に自分を解釈しないことに、女はもっとなれるべきなのだ。そのために損をすることにも、ある諦めを持ち、できうるならば、そこにおもしろさや、美しさをも、みつける余裕を持つべきなのだ。なぜかと言えば、その反面、必ず誰もが過分な評価を受け、不当な得をしていることもある。そのデタラメがおもしろく思えなければ、この世を生きる夢もなくなる。

人生は苦しみを触角として

しかし、今言ってきたことは大方の女性たちの賛同を得ないであろう。認められないことが美だなんて、とんでもないと言われるに違いない。しかし考えてみてほしい。

自分を生かして自分を評価するものは本当は自分しかないのである。どんな仲のいい夫婦でも、いずれは一方が先に死ぬ。

「あなたに先に死なれたらいやだから、私はどうしても先に死ぬのよ」

と私も夫に言う。

「でも、そうなると、あなたも後に残ってかわいそうね」

それから私は又、気をきかさねばと思いながら言い足す。

「でも、私が先に死んだら、又、あなたも再婚できるし、その方が親切というものね」

夫はにやにやしている。世界中が原爆で死に絶えても、本さえあれば淋しくない、と彼は言ったことがある。私はどうして、そんなに強い気持ちになれるのかわからない。

恐らく孤独も又、迎えうたねばならぬものなのだろう。孤独は決してひとによって、本質的には慰められるものではない。友人や家庭は確かに心をかなり賑やかにはしてくれる。しかし本当の孤独というものは、友にも親にも配偶者にも救ってもらえないものだということを発見したときである。それだけに絶望も又大きい。しかし、人間は天地開闢《かいびゃく》以来、誰もが同じ孤独を悩んできたのだ。同じ運命を自分だけ受けずにすますということはできない。

孤独ばかりでない。あらゆる人々がさまざまな悩みに悩んできた。雄弁家として知られるデモステネスは吃《ども》りであり、ダーウィンは病弱で、スウィフトは自分の才能が人々にわからぬという点で、フロイトは広場恐怖症に、チャーチルとトルストイは不器量コンプレックスに苦しんできた。それなのに自分だけは、と思う方がおかしい。いわば人生は苦しみを触角として人々とつながっているとさえ言えるのである。

V

女は何に迷い苦しむか

愛の書簡5

――突きあたったとき

人間は苦しみ、迷うべきものなのである。そうやすやすと救われたりするものではない。戦争もなくすんでいる今、私たちが戦うべきは、自分の中にいる敵である。

――綾子

女性の幸福は、何も結婚にあるとは限らない。要は、女性がどういう形の生活に生きがいを感ずるか、ということにある。

――朱門

1　愛される女の要素

自分を相手に与えつくす女

私はモーパッサンの『脂肪の塊』という小説を、女を描いた短篇の中で最も完璧なものと考えている。

私はこれをかなりまだ年の小さい頃に初めて読んだ。そしてほとんどの部分を、まったく理解できなかったか、忘れたかしてしまった。

しかしそのとき覚えているのは、〝脂肪の塊〟とあだ名される娼婦が、バスケットの中に実にさまざまな食物を入れていて、それを人々にわけてやったことであり、私は大人になったら、いつもこんなふうにおいしいものを食べさせる人になりたいと考えていた。

この小説はそんな簡単なものではない。普仏戦争の当時、プロシャ軍に占領された町から、一台の馬車が軍の特別許可を受けて出発する。なかには地元の酒問屋や県会議員、伯爵などの夫妻、二人の尼、それと〝脂肪の塊〟とあだ名される娼婦が一人乗っているのだが、誰も彼女を相手にしない。

しかし馬車が何時間も、居酒屋一軒見当たらない雪原の中を走っていると、人々は空腹に耐え切れなくなって、〝脂肪の塊〟の持っていた食糧をわけてもらうのである。

私が覚えているのはそこまでである。

しかし実は彼女は大変な愛国者で、娼婦らしい感傷から、彼女の家に分宿にくるプロシャ兵の首を締めようとしたりしたのだが、その夜、ある村へ着いたときも、同行者の中の一人の男が、彼女の部屋へしのんで行こうとすると、

「プロシャ人がいるところで、そんなはずかしいことができるものですか」

と答える。第二のドラマは村に駐屯するプロシャ士官が、〝脂肪の塊〟に食指を動かすのだが、彼女がフランスの名誉のためにそれを拒否すると、士官は仕返しに一行の出発許可を与えない。

一行は雪の村に何日もとめおかれる。ある朝おきてみたら、その前の晩、女がプロシャの士官と寝てくれたおかげで、出発できることになっているという僥倖《ぎょうこう》に望みかけている。

しかし、あまり長くなると、男たちはどうしてあんな「売女《ばいた》」の気まぐれのために、自分たちまでが迷惑をこうむらなきゃいけないんだと思う。

修道女たちがその道具に使われた。志さえよければ、どんなことも神は許し給うということを立証させられた。男たちは、明らかに社会的地位をふりかざして、女を納得させようとした。

「それにさ、ねえ、おまえ、あいつ（プロシャ士官）は自分の国ではめったにお目にかかれない別嬪《べっぴん》の味を楽しんだと言って自慢にするかも知れないぜ、え、おい、どうだい」（杉捷夫訳）

〝脂肪の塊〟は納得する。

その翌朝、人々は出発する。誰も一行のために身をなげ出した娼婦には口をきかない。途中、食事どきになっても、人々は（むろん尼たちも）かつてあれほど

〝脂肪の塊〟の食糧をわけてもらったにもかかわらず、自分たちの持っているものをわけようとしない。〝脂肪の塊〟は泣きつづけ、馬車は雪原の中を進んで行く。〝脂肪の塊〟は完全に自分を相手に与えつくす女である。その結果彼女が受けるのは、軽蔑と恥辱だけかも知れない。

しかし、私は女の姿として、これほど完璧なものを考えつかない。

バランスのとれた魅力

もっとも〝脂肪の塊〟のような女は、現代では、現われにくくなっているだろうと思われることも本当である。現代は与えるよりも、取り込む時代なのだ。しかし取り込むことも、本来は与えるための準備なのである。

銀行の預金通帳ではないが、この出し入れのつじつまがうまくとれないといけない。

よく女学者などと言われている人で、何となく、何を考えているかわからない人がいる。専門の分野では、きっと偉いに違いないのだが、冷たくて、他人には一向に興味を持っていないように見える。知的守銭奴である。

親切で、女としての優しさをすべて備えているように見えるが、前にも述べたように、本も読まず、日常生活以外の興味のまったくない人とも、私は友達になりにくい。この人は出しすぎて貯金していないのだろう。

私の友人の母上——前述のミイちゃんのお祖母さんに当たる方——は、長い間教育者だった。娘さんが四人いた。上から芸大のバイオリン、お茶の水の女高師の物理、地方の国立大学、芸大のバイオリンと、女ながらみんな大学のそれもかなり特殊な才能を必要とする大学を出ている。この方は、先生をなさりながら、お子さんたちを育てられたのだ。

私がお会いした時、もう七十を過ぎられた白髪の、ふっくらとした肌の美しいおばあちゃまだった。

長い間先生をしていられたなどというと、皆、やぼったい洋服を着たひからびた老女を想像するかも知れない。しかしこの方は、和服しか着たことのないような、美しい日本の母で（少しおデブさんなところが又何ともいえずいい）しかも、お料理も手先の仕事もお上手なのだ。

北陸の雪の中で、このお宅には、なんとレモンがなっている。スダチも植えてある。皆、家の中の温度を利用しているのだ。セロリもパセリもできている。このお宅のサラダは、すべてがとりたてである。生命に満ちている。

私は友人の所へ行くと、すぐにこの母上の家へつれていかれる。そしてタラチリや、手作りのお料理をごちそうになる。冬の夜に身も心も温かい。

戦前、職業婦人として、働きながら子育てをすることは、どんなに女中さんの手があるとはいえ、楽なことではなかったであろう。世間の眼は、そんなに女が働かなくても、うちで子供たちの面倒さえみてりゃいいのに、という気分がなくもなかったであろう。

しかしそれらの無責任な批判に動かされず、この母は勉強しつづけて、みごとな老境を迎えた。とり入れることと、与えることの、これほどにみごとにバランスのとれた例は少ない。

学校を出たままもう何も勉強せずに、六十歳、七十歳まで保つ訳はない。肉体

は若くいられても、精神の老化は必ず始まる。そして老化し、ぼろぼろになった精神では、新しい事態をとても受けとめて行けるものではない。

愛される女の美しさ

結婚して数年経って会ってみると、見違えるほど賢くのびやかになっている同級生に会うことがある。どんなにいい旦那さまかと、想像するだけで楽しい。学校の先生が十何年かかっても育てられなかった才能の芽を、数年のうちに、一人の男が伸ばしてしまったのだ。

女がこのように吸取紙のような柔軟な素地を示すのは愛があるときである。憎んでいる相手からは、女はかたくなに拒絶するだけで、決して何ものも学ぼうとしない。愛のない、打算的な結婚がいかにマイナスかは、この一事をもってもわかる。私も又、多分女に生まれてよかったと思っている一人である。

もっとも、私は、いわゆる女らしさをあまり好かない。私はまず第一に、自分の身を飾ることがあまり好きではない。着物を生命のように思ったことなど一度

もない。私はお茶もお花も、心得がないけれど、それを困ったことだとも思わないのだ。

私は激しいことが好きだ。私はなぜ、いわゆる広い意味で野外学に属する学問をしなかったかと思う。私はメカニックな世界も好きなのである。

私は社交的な場所より山や海が好きだ。私は海の傍で暮らすと、毎日、夕陽を眺め、星を見、風の中を子供のように走る。私は野蛮人のように、これらの激しい自然の力に向かって、ひれ伏したくなる。海へ落ちる夕陽より、激しく美しいものを私は知らない。あれを見ると、絵を買い集める人の気がほんの一瞬わからなくなる。夕陽は消えてしまうからこそ――人間が留めておけないからこそ、あらゆる名画よりもあでやかに絢爛《けんらん》としているのだ。

確かに私は、あまりこまごまとした人間ではないが、それでも、私は女に生まれてきてよかったと思っている。

なぜだろう。それは、女が、男によってある程度、運命を決められるという受身の姿勢をとっていられるからなのだ。男から学べるものが多いからである。

　マリリン・モンローは、つねにまわりに「あなたは美しい」と言い続けてくれる人がなければ不安でいられなかった。彼女は私生児として生まれ、母は狂人であった。モンローはあれほどの美しさにもかかわらず、自分に自信のない女だったのだ。彼女はとめどのない性格で、しかも野放図に優しく、誰かが支えていなければ生きていけなかったのである。私は〝脂肪の塊〟と同じくらいマリリン・モンローを好きなのだが、モンローを支えていなければならない男たちこそ大変だった。彼女の最後の夫だったアーサー・ミラー（『セールスマンの死』の作者）は、マリリンと結婚していた約四年の間に二つの短篇を含めて五つの作品しか書かなかったのだ。ミラーはモンローのお守《も》りをするだけで手いっぱいだった。これこそ女の中の女ではあるまいか、と私はひそかに思う。しかし冷静で分析的なミラーも又、彼女に耐えて暮らしてはいけなかったのだ。マリリン・モンローは、恐らく取り込む量が、あまりにも大きかった女なのである。いや、吐き出すエネルギーも、又膨大すぎた女なのかも知れない。

かわいい女になる秘訣

愛される女になるための要素はいくつかあるが、その最も大きなものは、自然さと誠実さではないかと私は考えている。

お化粧のうまい女性もいい。しかも同時に同じくらい、お化粧のてんで下手くそな女性も好ましい。気のつく娘さんはいい。がしかし、一日中ぴりぴりしていられては休まるときがない。

娘時代には、青年たちに自分のいいところを見せようとする。しかし、男は賢いものだから、どんなによくできていても化けの皮にはそうそうだまされない。

「きれいに片づいていますね」

と彼女のオフィスをほめたら、

「でも、うちの私のへやはごちゃごちゃなんです」

と娘さんに答えられて、いっぺんで彼女が好きになった青年を知っている。

ことに結婚の相手としては、男たちは素朴な相手を好む。フランス料理よりお

カラとひじきを煮るのがうまい娘の方がいいと考える。なぜなら、彼の月給では、とても毎日フランス料理なんか食べられないし、第一どっちかといえば、彼はフランス料理より、おカラの方が好きなのである。それから誠実さ。

誠実とはいかなるものか。ひとが見ていても見ていなくても、ちゃんとやることだ。誠実は、心の清潔である。

私から見ると少々でたらめな青年がいた。私から見ると彼とはまことにお似合いの、これ又いかれた女の子を連れていた。二人は当然、結婚しそうに見えていたが、彼は彼女をふったのである。

「どうして、やめたんですか」

と私は尋ねた。

「いろいろと、いい子だったんですがね」

彼は二人がもう肉体関係もあることを匂わせた。

「実はある晩、暗いところへ車をとめて、二人で海へおりてって、そこでソフトクリームを買ったんですよ。それで車の中へ戻ってなめてたんだ。ところが、彼女はなめかけのクリームをぽっと窓の外へほったんです。そしたら、その汁が僕の胸にかかりましてね、風の強い日だったから。そうしたら、何か突然、ひどく興ざめな気がしちゃったんです」

若い人たちの話をあまりわかるような顔をするとバカにされるから、私はつとめて何のことか、という表情をしていたが、彼らの恋の残骸が道端にぶち撒かれているようで、その不潔ったらしさは本当はよくわかったのである。

私は、何人も次から次へと好きな男の人ができるような性格の人が、実はかなり好きなのである。私の知り合いにもいた。

最初の夫はラグビーが好きだった。彼女はいつも夫とラグビーを見に行き、あんなおもしろいものはないわよ、と私にすすめた。

次の夫は音楽が好きだった。彼女は急に、クラシック通になり、カラヤンがどうの、ヨッフムがどうの、と言い始めた。三番目のこれは夫ではなく、愛人はお料理を作るのが好きだった。彼女は彼と二人して、うまいものを作るのに憂身をやつした。そして七十キロまで太ってしまった。

かわいい女になるということは、そのときどきに誠実になることなのだ。誠実ということは、実に多情な淫乱とさえいえる生き方まで、清め、美しくする。

2　自分でそこへ歩いていく楽しみ

〝目的〟は生きがいになる

ちゃんとした一軒のマイ・ホームに住んでいる小さな娘が、親戚のみかん畑を持つ地主さんの家へ遊びに行った。「お庭が広い」などと言うものではない。娘は決心した。

「今に私も必ず、広い広いお庭を持つ家を買おう」と。

しかし彼女の家にきた別の子は思うかも知れないのだ。

「私も今に必ず、こんなような一軒のおうちを買ってみせる」と。

私は、父母の生活を見るたびに、

「いつか必ず、私が働いて四畳半一間を借りて、母と暮らそう」

と思った。父母が離婚しない訳はいろいろあったが、母からみれば経済的に生活ができないから別れない、というのが主な理由だったらしいからである。当時、私たち一家の住んでいた家は昭和の初めに建てた古い木造家屋だったけれど、五十数坪の広さがあった。それが四畳半一間になっても、私はその方が気楽だったのである。第一、私は自分で生活を支えるということをこの上なく、生きがいのある、誇らしげなことに感じていた。

家の大きさや、庭の広さの問題ではない。人間にとって大切なのは、生きる目的を持つということである。私のような古い人間は、目的を持たずに生きることは、実は不可能なのだ。

けたはずれにお金持の家のお嬢さんがあって、そのひとが又、どこかの会社の経営者の御曹子のところへお嫁に行く話をきかされたことがあった。

親が何もかも用意してくれてしまうのだという。今どきそんなおとぎ話みたいなことがあるのですかと聞いていたのだが、二百坪の土地に四十坪の家を建ててくれて、銀器やうるしの食器をそなえ、ダイヤの指環やミンクのストールも幾つかあって女中さんと外車をつけてもらって新夫婦はできあがるのだという。

皆、初め羨ましがったが、そのうちに次第に憐みを覚えてきた。

「楽しみがないわね、それじゃ」

と一人が言った。

「そうよ、毎月、食器を揃えていくなんて楽しいですものね。そういうお楽しみがないなんて、お気の毒よ」

私たちはまったくぞっとしたのである。こういう夫婦は、もうおいしいものを食べ過ぎた胃袋のようなもので、ただ限りなく重く不快感があり、空腹のときに、あの一杯の味噌汁、一ぜんの白いご飯をがつがつと食べる楽しみを知らない。

だから、心身を破壊するような極貧や病気は別として、つねに思いを遂げていないという実感こそ、人間を若く魅力あるものにする。

小説を書いていてもときどきそういうことを感じる。正直なところ、小説を書くのは辛いのか楽しいのかよくわからない。楽しいばかりでは当然ないのだが、それこそ、これ以上ないほど純粋に好き勝手を書くのだから、楽しみがない訳ではない。

長篇の筋を長い間かかって考える。資料や調査のいるものは調べる。どんなに調査の内容がおもしろいものでも、書こうとすることにからみ合わないものはどんどん捨てる。残った材料さえも、私はほとんどそのまま書かない。登場人物はむろん、事件そのものも再構成し、ねりなおす。

やがて書き始める。私は三十代の後半に、千二百枚の『無名碑』という作品を書き終えた。この作品は私の宗教小説の第一作に当たる。私は三年間、土木の勉強をし、タイの僻地《へきち》まで取材に行った。

最初の百枚が長篇で最も苦しいところなのだ。文体が決まらない。何度も捨てる。

それからやっと安定したかに見える。しかし途中で何度も……あらゆる形の迷い方をする。筆の進まないのも苦しいし、走り過ぎるのも気味が悪い。

そのうちに多くの場合、八十パーセントほどでき上がったところで、私にとって最も幸福な数日がやってくる。もうほとんどまちがいなく（私が死にさえしなければ）この作品は完成するに違いないと思われる予感が私をささえる。私は作品に憑かれている。やがてついにある日、いつくるかと思っていた最後の一行を書き終える。千二百枚の小説でも、最後の場面は書き出すときにすでに細部までありありと見えているのだ。

それでしばらく、私はバカのようになる。まだ文章の手入れ、そのほか山のような仕事が残っているはずなのだ。それにもかかわらず、私は目的を失ってぼんやりする。

自分の中にいる敵

大学を落ちた。いやな同僚を見返してやりたい。今年こそスキーを上達させる。何としても百万円ためてみせる。どの目的でも、すでにそれを得ている人よりはしあわせである。なぜなら、到達するということは、自分でそこへ歩いて行くことだからである。しかし依頼心の多い青春もなくはない。

人生の肝心かなめのところへくると、誰かが何とかしてくれるだろう、と思っている人がいる。進学は先生が決めてくれ、レジャーの行く先は会社の誰かが決めてくれ、話の種は女性雑誌のゴシップ欄が作ってくれ、流行はデパートの既製服売場が作ってくれる。

有名な会社の立派な社員なのに、なかなかお嫁さんが決まらない人がいた。理由はたったひとつ、収入が少な過ぎるのである。なかには収入を聞いただけで会いもしないでことわる娘さんもいる。好きになったら、私ならさっさと共稼ぎに出るのに、と思うのに、世の中が平和になってしまうとその気力もないらしい。とにかく若い人々が、自分で何もかも、やってゆく勇気を持たないというのは、私にはどうもわからない心情である。

劣等感にさいなまれている人たちがいる。字が下手だ。もてない。友人ができない。器量がわるい。この人たちは意欲はあるのだけれど、勇気がないという点では同じである。

これらの最大原因は、自分をよく見せようとする点にある。私の夫は字が下手だ、と私も思っている。死んだ蠅《はえ》を並べたようなヘンな字を書く。それでも彼は自分の字は独特の味のある字だと信じている。

「どうだ、うまいだろう」

「うまいわねえ」

と相槌《あいづち》をうったからと言って、本当にうまいと思っている訳ではない。しかしこれで下手は下手ながらに、彼の字は世間で通ってしまうのだ。これ以上、床の間の掛軸を書いてくれ、と頼みに来る人が一人もいないからと言って、別にヒガムこともない。

欠点をさらしさえすれば、不思議と友達はできる。他人は私の美点と同時に欠点に、好意を持ってくれる。たとえ私が無類の口べたでも、私の弱点をさらすことによって、相手は慰められるのである。それは向こうが優越感を持ったからなんじゃない、と言って怒る必要はない。それも又、愛のひとつの示し方なのだ。そしてこの弱みをさらすことのよさは、弱点というものは、ひとに知られまいとしているからこそ、自分も不自由だし相手も困惑するのであって、それを、思い切ってさらしてしまったが最後、閉ざされていた場合に貯えられていた不毛のエネルギーのほとんどは雲散霧消してしまう。

もし私がビッコであったら、そっとしてふれないでおいてくれる友達より、

「おい、ビッコ。お前もこい」

と言ってふつうに戦争ごっこに誘ってくれる友達を好くだろう。その際ビッコと呼ばれることは、いつのまにか蔑称ではなく愛称になっている。

昔、ハリウッドの女優を殺したヒッピーの頭目は、荒野に何人もの女たちを集めて暮らし、金がなくなると、彼女らを盗みにやらせていたという。この頭目は三十五歳の男で、一種の不思議な魅力があり、彼が猫を撫でている姿を見ただけでしびれてしまった女や、彼に一種の催眠術をかけられて犯罪に使われていたと主張している女もいたと、週刊誌は報じている。

この話は遠いアメリカの話のようだが、実は決してひとごとではない。私たちは現在、催眠術をかけられそうなドグマが身辺に渦まいているのを感じる。

左右両翼の極端な思想、あるいは中庸であるだけで安全だと信じること、どちらも危いのであろう。そのほか精神主義的あるいは宗教的団体から商業主義まで

さまざまなものが、私たちの心を安易に捉えようと網を張っている。

それらから敢然と自立してあろうとすること。それは若い人たちに課せられた大きな任務だろう。人間は苦しみ、迷うべきものなのである。そうやすやすと救われたりするものではない。しかし荒野の殺人ヒッピーたちも又、この教祖のもとでは、安心し自分で考えるのをやめ、あたかも救われたように思いながら平気で殺人を犯したのだろう。

戦争もなくてすんでいる今、私たちが戦うべきは、自分の中にいる敵である。

Ⅵ

私が決心した日

愛の書簡6

——わからなくなるとき

人生において、何が正しいか、だれにもわからないのだから、自分の思う通りに進んで、その結果を他人の責任にしないことが大切ではないかと思う。

——綾子

私たちは、子孫という形で永遠につながりながら、やがては死ぬという運命を自覚するとき、初めて、今日の自分は何をなすべきか、という、生の目的意識がうまれる。

——朱門

1　夫によってひき出された女

私の弱点をまっ先にあばいた男

昭和二十五年の十月の末、私は初めて、三浦朱門に新宿駅で会った。彼が例の蝿の死骸を並べたような字で、ホームのゴミクズ箱のそばに立っているように言ってよこした経緯《いきさつ》は、『愛からの出発』（青春出版社刊）に書いてあるそうである（そうである、ということは、私は夫の本をほとんど読まないからである）。

初めて彼に会ったとき、彼は蜂蜜色のコールテンの上着にベージュのズボンをはいて、黄色いネクタイを締めていた。そしてネクタイの裏側をわざと大まじめで、しかも何気なく裏返してみせたが、そこには英語で「見本《サンプル》」と書いたハンコがおしてあった。つまり彼はそのネクタイをどこかからタダで貰ってきて締めていたのである。

彼は色が白くて、眼が茶色で、どうみても堅実な性格の人には見えなかった。

私は彼が『新思潮』という同人雑誌をやっているというので、その仲間に入れてもらうためにでかけたのである。

紹介して下さったのは、評論家の臼井吉見氏であった。臼井氏が当時、『展望』の編集長をも兼ねておられて、新人としての三浦の作品に目をかけて下さっていたところへ、私が臼井氏に手紙をさし上げて、どこか若い人たちのやっている同人雑誌へ紹介して頂けないでしょうか、と御相談をしたのだった。

三浦と私は、やはり同人の荒本孝一さんの本郷の下宿へ行くために電車に乗った。すると三浦はいきなり、

「あなたは近眼ですね」

と言ったのである。

「はい、遺伝性のひどい近視なんです」

私は何となく、この人とは、今まで私がつき合ってきたような通りいっぺんの挨拶をしていてはダメな人なのだな、と思った。ともかくも自分の弱点をまっ先

にあばかれるのは気が楽なことであった。

荒本さんの下宿はひどいボロ屋だった。二階の廊下を歩くと、床の沈むところがあって、今にも下へおっこちそうだった。廊下には、炭俵や一升びんや長靴がおいてあって、森鷗外の作品の舞台みたいだった。荒本さんは当時、東北大学の学生だったが、源氏物語は東北大学で聞いても東大で聞いても同じだ、と言って東大へ通っていた。私たちが半分しか紙のはられていない障子を開けると、荒本さんが、女の人と、丼に山もりにしたサツマアゲでご飯をたべていた。

「これは、テイちゃんか?」

三浦は部屋の中に仁王立ちになりながら聞いた。

「いや、スミちゃんだ」

「ふうん」

ひどく失礼な言い方だと思ったが、女のひとは別に怒ってもいないらしかった。五分くらい坐っていると、荒本さんという人は人情深い人で、すぐに町で女のひとと知り合って、その人が、いろいろな理由で行く所もなく住む所もなくて困っているとすぐ、こうやって自分の下宿に連れてきて泊めてやっているのだということがわかった。しかも少しもいやらしい感じではなかった。私は荒本さんを、今まで見たことのない優しいタイプの人だと思った。

「これが、曽野さんや」

と三浦は私を紹介した。

「ふうん、じゃさっそく、そこへ電話番号と住所を書いてってくれや」

そこというのは、鴨居の上の壁なのである。もうそこには、先住者のか荒本さんのかわからない住所書きが、いっぱい書いてあって、私は又もや感心した。なるほどこれなら住所書きがなくなるということがなくていい。しかし高い所まで手が届かなかったので、三浦がかわって私の名前を書いた。

まんまとひっかかった私

数日後の正式の同人の集まりのときには、私は母から持たされた干菓子の折りを持って行った。別にお菓子で同人の御機嫌をとろうとした訳ではない。私の育った家では、手土産ぐらい「名刺代わり」に持って行くのが常識になっていたからだ。するとその席には後年映画評論家になった林玉樹さんがいて、私の持って行ったお菓子を見て、「ふん、ふん」と笑った。彼と私は今でも親友だけれど、そのときの彼の軽蔑的な目つきこそおもしろかった。干菓子か……何とまあ気のきかない。林氏はその当時からカミソリのような鋭い神経を、都会的な柔軟さの中にかくした秀才で、今はもうちょっと見当たらない、ひと昔前のしゃれた不良青年だった。

私は数日の間に、自分の生活の方式をことごとくぶちこわされてしまったのだ。私は今まで常識的な家庭の中で、何と型にはまったものの考え方しかしていなかったのだろうと気がついた。

三浦朱門はその当時、一日に必ず二、三通手紙を書かないと落ちつかない、という年頃だった。旧制の高知高校時代に同じ部屋にいた阪田寛夫さんは当時、大阪朝日放送の社員で、関西にいたが、そこへも同人の集まりの具合や、文学について自分の意見などを書き送っていたらしいが、私にも同じようにせっせと手紙

をくれた。その中には、

「表現とは、つまりはサギをカラスと言いくるめることで」

などと書いてあった。これは多分に、小説を書くということはやくざなことで、シロを黒と言われても仕方のないことだ、という点をもじったのかも知れなかった。彼はその頃から人にものを教えるのが好きで、その手紙はいわゆる創作の入門書のように読めた。尊敬しないと友人になれないという私は、この段階で彼にひっかかったのである。

彼に何度目かに会ったとき、私は自分の家の実情を話した。父母のこと、今までに何度か縁談のようなものもあったこと、私はだいたい惚れっぽくてたいていの相手をいいと思って母に定見がないと言われたこと、それはようするに父のように気むずかしくさえなければいいという簡単な基準によったものであること、なかには私を貰って下さるというキトクな方たちもあったのだけれど、しかしその方たちと結婚しなかったのは、決め手というか、ああこの点だけでも私はこの人について行ける、という実感を持てる点がなかったこと、それで結婚ということはもう諦めて小説を書こうと思ったこと、ところが小説を書き出しても、一向にうだつが上がらなくて、こんなことをしているのはもういやだ、と思ったこと。それで文学はやめることに決心して、ある雨の日に、大学から帰ってすぐ近くの駅前のマーケットまで買物に行ったこと。マーケットの中でそれでもなおふらふらと本屋へ入ったこと、するとそこに『文學界』という雑誌があって、臼井吉見さんという方が私が以前入れて頂いていた同人雑誌に発表した短篇を批評して下さっていたこと。それで又、小説をやめるということを思いなおしたこと、などを話した。

三浦は冷酷な表情でそれを聞いていた。そしてそれから二、三日すると、一通の手紙がきて、

「あまり身の上話などひとにしないこと。ただし三浦朱門クンを将来テイシュにしようと思うなら別」

と書いてあった。

不思議な運命のとき

その頃、私の家はさし当たり食うに困るというほどでもなかったが、非常に慎ましく暮らしていた。戦争の後、何度か手放そうかという話もでた家を、どうやらもちこたえているだけが唯一の財産らしいものだった。

私は大学で育英会の奨学金をもらって、同人雑誌の費用に当てていた。父は私が文学にのめり込んでいるなどということを好まなかったし、私はまったくドブへたたき込むに等しい同人雑誌の費用などを親から出してもらう気にもなれなかった。

私は高校三年の頃、初めて同人雑誌に入れてもらったのだが、それは、中河與一氏のもとに集まった『ラ・マンチャ』という同人雑誌であった。中河與一氏はサラリーマンの家庭であった私の家で、たった一人個人的に存じ上げていた作家で、娘が小説を書きたいなどと言えば、親は当然、そこへ連れて行くことになる運命だったのである。もう一人、私のボーイフレンドの一人が、静岡高校で吉行淳之介さんと同級であった。彼の紹介で私がもし吉行さんに師事していれば、どういう作風になっていたか、考えるだけでもおもしろい。

『ラ・マンチャ』の世界は、私にとってすべてが新しい刺激であった。中河幹子夫人は私に「苦節十年」という言葉を教えて下さった。小説も十年くらい書いてみないとわからない、と言うことである。当時は今のように才能のある新人をジャーナリズムがウノ目タカノ目で探してくれるということもなかったから、小説家などというものになるには、何年か同人雑誌に書きつづけて、少しは人の目にとまるようないいものを発表し、それでやっと才能が認められればなんとかものになるかも知れないという状態だった。

私は中河夫人のこの言葉を今でも真実だと考えている。小説ばかりでない。あらゆる仕事は「苦節一生」なのである。そしてその言葉を慎しんで聞いたとき、私も十年間苦しむことを納得したはずであった。それなのにそれから数年もしないうちに私は早くも二十八歳くらいになって、まだ売れない小説を書いている自分を想像してみじめに思えてきてしまったのだ。

それが私が小説を書くのをよそう、と決心した日であり、同時に不思議な運命(この言葉は少し晴れがましすぎるが、気楽に使うことにすれば)によって数時間のうちに又、その決心をひるがえした日でもあった。

強烈で鮮やかな岐路に立った日

その日のことをもう少し書こう。

雨の日であった。私は広尾の高台にある大学の窓から町を見ながら、きっぱりと、私は道楽の人生を歩くのをやめようと決心したのだった。私はカトリックの学校に入ったおかげで、修道女たちの生活にふれ、人間が一生を賭けて生きる姿勢というのは何であるかを見ることができた。私は文学が好きなように思ってはいるけれど、そのような夢に自分や他人の生活を巻き込むことはいけない。

そうだ、今日から私はふつうの生活に戻ろう。一生ひとりでいようが、結婚しようが毎日の生活を地道にいそいそとやって行く女になろう。

その決心は、やはり多少悲しいものであった。しかし私はそれを決心したからには実行しなければならないと考えたのだ。

家へ帰ると、私は母の注文を聞いて、さっそく電車で二駅先のマーケットまで買物に行くことにした。私はまだ高校時代から学校の帰りに、おかずを買って帰る習慣を持っていた。教科書の上に、タクアンをのせて帰り、しみ出して匂いが抜けなかったこともあった。

私はまだ戦後の闇市の様相のぬけていなかったマーケットで、魚や野菜を買った。生活をきちんとして行くこと。これこそ、人間にとって大切なことなのだ。しかし私はそのまま再び吸い寄せられるように本屋に入った。本くらい、買ってもいいのだ。これからいい読者になればいいのだから。

ふと見ると入口の棚に『文學界』という雑誌があった。私は小説は書きたかったが文学少女ではなかったので、それまで『文學界』という本のあることすら知らなかったのだった。私はぱらぱらと頁をめくって見た。すると終わりのあたりに「同人雑誌評」という頁があり、そこに臼井吉見という名の先生が、私の作品を批評して下さっていた。

た。

「文学をやる」などということは、グウタラな、社会の落伍者のすることであった。そして、実は、今もまさにその通りなのである。どこの国に、偉大な道徳的な文学者などいるであろう。そんな人はいもしないし、又、文学者の資質として必要でもない。

文学は人間の弱き部分をも見つめることである。その理解者になることである。殺人者の心をも我がことのようにわかることである。

文学をする態度はそもそも不精なものだ。それは孤独だし、偏狭であり、もろ過ぎる。それは不遜であると同時にたえず自分を認めようとしない。泣くと同時に笑おうとしている。本音と絢爛たる虚構がいりまじる。そんな分裂的な人間がどうして社会生活で信頼するに足る人物か。

話は横にそれるが、私たち夫婦は、或る一時期、新聞の身上相談の解答者をしていた。自分たちに信念があるから引き受けていたのではない。身上相談などというものに、本来、答えはないのだ。かりに、ある夫婦ゲンカに対する問いに私たちが、「別れなさい」と答えたとする。質問の手紙を新聞社に送ってきた人は、実はもうその手紙を書き終わったときに、自分の心の中に答えを持っているのだ。しかし私が、「別れなさい」と答えることによって、彼らは私たちがしょせんは何もわかっていない他人であることをさとる。

「こんな無責任な人に何がわかるもんか、私たちはやっぱり別れられない」

と質問者は思う。

「別れなさい」も「別れてはいけません」も答えは実は同じなのだ。本当の答えを出す人は質問した人自身なのである。そう思うからこそ、私たちはその本来の答えを出すきっかけになってもいいと考える。

もちろん、身上相談には二つの要素があり、ひとつは、実際に質問者に答えることなのだが、もうひとつは、投書者の質問によってかりの場を与えられることで、もし自分ならどうする、と答えさせられることである。これはいわばスポーツのようなもので、ガリバーが小人国に紛れ込んだとき、自分のハンケチを張った急ごしらえのリングの上で闘われる騎馬戦のようなものに過ぎない。勝っても負けても、それは本当の戦いでも人生でもなくて、一種のスポーツなのである。身上相談の解答というものも、いわばそのようなものである。

ところが先日も、解答者の会合の席で、おもしろい話をきいた。浮気ひとつしたことがなくて堅実な社会生活を営んだりしていて、どうしてそんなものの解答者になれるか、と言われる場合と、身上相談なんか引き受けてよっぽど自分が立派な人間だと思っているんだろう、と非難される場合と両方あるのだそうだ。

私たち夫婦は、もともと信じていないせいか、あまりひとから何か言われたこともないけれど、身上相談なんてものは、誰もが答えられるもので、現に一生に何十度となく解答者としているものだし、厳密な意味で答えられないと言えば、誰にもできないのである。小説家も又、身上相談の解答者になれるとすれば、小説家は弱味について見つめようとしている人間だからである。

話をもとへ戻す。

今でこそ、小説家は、時折、文化人のように思われる。しかし、本来はそうでないのだ。私も小説を書こうと決心したとき、まだ十代の幼稚な娘なりに常識的な生活を捨てようと考えた。

　これから私は男の人と夜おそくお酒をのんで帰ってくるだろう。そしてヘンな姦通小説なんかも書いて……それはいいのだが、もし父がある日、人並みな縁談にでものることをすすめ、そしてある日、興信所なんぞというところが、私を調べにくると、うちのまわりの奥さんが歯に衣をきせたような言い方で、

「ええ、もう、たいへんいいお嬢さまで……ええ、才気はおありになりますし、この頃は何ですか文学の方も御研究になっているとかで、よく夜おそく、若い男と酒くさくなって帰っていらっしゃいますよ」

　といっている有様が目に見えるような気がするのだった。それはいい。そんなことは事実だろうから構わない。しかしただ、常識的な父との衝突が心理的に煩わしくて、私は顔をシカメたくなった。

　それでも私はその道を選んだのだった。正直に生きるために。不細工にありのまま生きることが、私の美学であったのだ。

同人誌をとりまいたグループ

しかし、現実の『新思潮』は決して文学ヤクザの集団ではなく、むしろ非常に紳士的な知的な人々の集まりであった。

『新思潮』には三人の始祖がいた。前述の荒本孝一さんと阪田寛夫さん、それに三浦であった。

その中では何でもずけずけものを言う三浦がブルドーザーの役のように見えたが、阪田さんは大阪にいて「留守」だったので、荒本さんが人間的な包容力で、同人の気持ちをつかんでいた。一足おくれて参加した村上兵衛さんは優等生らしい綿密な組織力と先を見通す力を持っていたし、若くして死んだ野島良治さんはまっくろな顔をした骨っぽい土佐人で、しかし思いがけぬデリケートな心づかいを示してくれた。林玉樹さんは全身これ神経のような人で、みずから軽薄才子のこっけいさを示そうとしているように見えたが、実は大人げのある人物だった。

『新思潮』には、働かざる者食うべからず、という気分があり、誰もがまっとうな職についていた。村上さんと野島さんは小学館、林さんは読売新聞社に勤めていた。そして我々は貧乏なようでいて小金を持っていて、しかもケチでなかった。同人の集まりは、後にパトロンのようになって下さった文京書院の荻原光太郎さんという方が現われるまで、もっぱら荒本さんの下宿か、本郷界隈のそば屋で開かれていたが、雑誌にかかった費用など出すときは、鷹揚なものだった。その号に書いている人もいない人も、めいめいポケットから出せるだけのお金を出すのである。すると創始者の一人というので大きな顔をしている三浦が、おサツを数える。

「三千五百円足らんぞ」

すると、又誰かが少し出す。数えてみると足りている。こんな具合だった。大阪の朝日放送にいる阪田さんも「汚職」をして私たちを助けてくれた。つまり彼は聴取者文芸という投稿の時間も受けもっていたのだが、あまりいい作品が来ないので、私たちに名前をかえて応募するように言ってきてくれたのだ。十枚書くと手取りで二千四十円になる。

私は学校から帰ると一晩で軽く十枚書いた。阪田さんに送ると、大分たってから現金書留がきた。初めてもらった原稿料である。嬉しくてとびまわった。しかしお金をもらうとなると、そういい加減なこともできない。私はあらゆる素材を十枚の短篇小説に変えるのに、目の色を変えた。この頃の訓練が今でも、短篇を書く上で役に立っている。もっとも、今でもその当時の手法がそのまま使える訳ではないのだが。

二人が無名で、お金もないしあわせ

そこで三浦にいつどうして結婚しようと思ったのか改めて確かめてみたのだが、二人の記憶はきわめてアヤフヤである。

「ボクが食えるようになったら結婚してくれますか」

と私は言われたように記憶するのだが、

「ああ、それなら、ずいぶんいい加減なもんだ。だって僕はいつ食えるようになるか当てがなかったもの」

という挨拶である。

三浦は当時、日大の講師であった。休みの月には月給のもらえない時間講師である。「婦人画報社」の翻訳をしたり、デザイナーの亀倉雄策氏のところへ手伝いに行ったりしてやっと食いつないでいた。小説はまだ本当に売れるのかどうか見当がつかない。

彼は私が一人娘で養子をとるのではないかと思ったり、食えるようになったら結婚するという空手形を信じてくれるかどうかわからないとあやしんでいたらしいが、私はそのまま本気にしてしまった。

今思ってみると私たちの最大のしあわせは、二人がまだ無名で全然、お金もないことだった。私は相手を尊敬し信頼することしか持参するものがなかった。私たちはもっとも純粋な立場で相手に出会えたのだと思う。

昭和二十八年の四月、私は友人と関西旅行へ行った。帰ってくると、三浦が電話をかけてきて、嬉しそうに、

「ボク、助教授になった」

と言った。どうして急に時間講師から助教授になれたかというと、当時、日大は新制大学の結成期で、急ごしらえの教授陣を結成する必要に迫られていた。その中に彼の名もあって、文部省はそのまま認可を下ろしたのだという。

カマトトだと笑われるだろうが、サラリーマンの家庭に育ち、兄弟のない私は、大学で昇進するというのはどういう役職名をもらうことかもわからなかったのである。それで私はすぐ聞き返した。

「助教授って、なると何かいいことあるの?」

「ばかだなあ、夏休みでも月給がもらえるんじゃないか」

それはつまり、私たちは結婚できるということなのだった。

三浦は彼の趣味で、結婚式の費用は自分で出すことにした。いや本当の趣味は、前にも述べたように披露などしないことだったが、それは私の父に対して悪いと考えていた。

私たちは結婚後も、部屋があるからというだけの理由で、私の実家にころがり込むつもりでいたから、お互いに仕度は何もしないことにした。彼は比較的上等の毛布を四枚買った。私はもともと近眼で、鏡台というものさえ必要でなかったので、結婚のときも作ろうとはしなかった。ただ父が時計と指環を買ってくれた。

本当は大学を出てから式を挙げるべきだったが、まわりも早い方がいいというので、私たちはその年の十月十九日に結婚式の日どりを決めた。これは私の前期の試験が終わった翌々日だった。翌日にしなかったのは、

「一日くらいゆっくり寝てからにしなきゃ」

と考えたからである。

私は式服も作らなかった。従姉の古いふり袖を譲ってもらって、教会でかぶるベールだけ作った。和服に洋髪、ベールである。私たちはふだんの私たちらしくない姿をすることは恥ずかしいと考えたのであった。

私たちは南紀へ旅行に行ったが、途中の駅で厚い丸帯を胸高々としめた新婚さんが乗り込んできて、顔にそっとハンケチをかけて寝始めたときは、私はつくづく慎ましくていいと思った。私はその前に、すでに、のんびりと空いている座席

二人前に、仰向けに眠って三浦を呆れさせていたのである。帰りの大阪からの汽車は混んでいて（私たちは切符をちゃんと買ってもなかった）三浦は、

「二等へ乗ろうよ」

と言ったのに、私は学割で買った切符をはなさずに、

「もったいないからここでいい」

と言い張って譲らなかった話は今でも皆がおかしがる。

何があってもついていく

三浦も私も異性の友人がない訳ではなかった。ことに三浦は「不良」だった。女の子の心を喜ばしたりもてあそぶテクニックはいくらでも知っていたし、その上、都会育ちで臆面もないから、図々しくそれを口にすることもできた。

三浦は今の方がずっと、もそもそ恥ずかしがる。しかし、彼は恥ずかしがる性格をあえて、そうでないように見せねばならぬと思っているようなところがある。

私も高校生くらいのうちから、たくさんの男友達があった。その多くは私の「先生分」であった。フランス語とか数学とか社会学とかを教えてくれるような人が好きだった。私は妙に幼いところと、老成したところがあり、生徒になるかと思うと、たちまちにして年上の彼らのお姉さんになった。私は彼らが、他の女の子に失恋したとき、その聞き役に廻るのがうまかったのである。

私がそれらの長い年月の間に、誰かと恋愛しようとするのを未然に防いでいたのは、私はその頃としても珍しい環境で育ったからである。つまり、私には、母が私と結婚させたいと望んでいた相手がいて、私は小学校六年生のときから、既婚者のような気分でいたからである。私はその人を尊敬はしていたが、彼は理科的な世界観をもつ青年で、私とは話が合わなかった。しかし、それでもなお私は何となく、他の人を好きになっては、その人に悪いような気がしていたのである。

しかし、私が小説を書き始めたりすると、彼と私の間の断層はますます大きくなり、三浦に会う前には、私たちはもう実際には婚約者的な関係を解消していた。

しかし私はそのような垣根を作られた青春を決して悲しいとは思っていない。その人と別れるとき、彼は私に、私をまったく清らかな娘のまま、誰か知らないけれど、私が将来結婚する相手に渡せるのがせめてものことだった、と言ってくれた。私はこの人によって、私の青春を閉ざされたのではなく守られたかも知れない。私が、親戚の伯母などにすすめられてお見合をしたりしたのはその後のことだったし、さらにもっと後に現われた三浦は不良青年のくせに、私がそのような、「未亡人的青春」を送ったことをおかしがるという形で評価してくれたのである。

新婚旅行から帰ってきて、私たちは初めて銀行で預金通帳を作った。二万五千円ばかりあった。彼は式の費用で有り金をほとんど使いつくしていたし、私は母からもらった旅行のお小遣をそっくり残してきたので、やっとそれだけになったのだ。

「早く五万円になるといいわね」

と私は言った。

「どうして五万円もいるのさ」

と三浦はきいた。

「だって五万円あると、いつ盲腸炎になっても手術できるもの」

私は翻訳をして稼ごうと考えていた。そして実際、あやしげなスパイ物語を訳したりしてささやかなお金を稼いだ。

しかし果たして貯金が五万円になると、まず三浦が盲腸炎になった。私は大学の卒業式には出たが、病院につきそっていたので、その週の行事にはほとんど出席できなかった。三浦がなおったと思って数か月すると、今度は私が盲腸炎になった。そしてその入院中に、私は妊娠していることを知った。

三浦は私を一度しか殴ったことがない。私はそのとき、震えるより、四肢が硬直した。くやしいのではない。幼いときに、暴力的な扱いを受けた記憶がよみがえってきて、私は神経症のようになってしまうのだ。それ以来三浦は私を殴るのをやめた。ボクシングではないのだから夫婦がわざわざ相手の傷を狙ってうちこむようなことはしてはいけないと思ったのだろう。

殴られないこと。優しく扱ってもらうこと。それが私の一生の望みだった。優しくしてくれる人にならら、私は何があってもついていく、と思ったのである。

人生はノアの方舟である

東京オリンピックが終わって何年も経った頃、ある所で、ある紳士とお会いした。すると、その方は、思いがけず、私が東京オリンピックのときに書いた、女子バレーボール決勝戦の観戦記の話をされた。

「あなたのだけ、変わっていましたよ」

その方は言われた。

「皆が口を揃えて、あの東洋の魔女たちの勝利は快挙だというような書き方をした中で、あなたひとりが、そう思えなくて困っている有様が手にとるように見えて、おもしろかったな。まことに同感しましたよ。それ以来、僕はあなたの書くものに注目するようになったんだ」

私は少しはじらった。私があのとき、あの「快挙」に心がついて行けなかったのは、私の青春時代から今までのものの考え方と深い関係があって、そのとき、急に心がわりができなかっただけのことなのだ。

私は、昔から「なせばなる」とは決して思えなかったのだ。私は日本が戦争に負けるときに立ち合った。万人の人間が命を賭けてもならぬことがあることを知った。

地球は個々人のさまざまな思いとはまったく別の力で動いているのである。「なせばなる」のだったら、私は逆に、そのような小ざかしい、見えすいた論理で動いている社会に、改めて深く絶望しなければならない。

しかし、しあわせなことに、人間の努力も善意も、ときとしてはまったくその存在を忘れられたような矛盾に満ちた複雑な論理で世界は滔々《とうとう》と動いて行く。私はそのような神秘的ななりゆきに深く感動できるのだった。

ノアの方舟がアララト山の上に着いたのは、ノアが望んでそうなったのではない。ノアは、あそこまでたまたま連れて来られたのだ。

私たちの一生も皆ノアなのである。その不可思議な運命を大らかに受けとめて行ける人こそ、我が同志という気がする。

一〇〇字書評

切り取り線

購買動機（新聞、雑誌名を記入するか、あるいは○をつけてください）

- □（　　　　　　　　　　　　）の広告を見て
- □（　　　　　　　　　　　　）の書評を見て
- □ 知人のすすめで
- □ タイトルに惹かれて
- □ カバーがよかったから
- □ 内容が面白そうだから
- □ 好きな作家だから
- □ 好きな分野の本だから

●最近、最も感銘を受けた作品名をお書きください

●あなたのお好きな作家名をお書きください

●その他、ご要望がありましたらお書きください

住所	〒				
氏名		職業		年齢	
新刊情報等のパソコンメール配信を 希望する・しない	Eメール	※携帯には配信できません			

あなたにお願い

この本の感想を、編集部までお寄せいただけたらありがたく存じます。今後の企画の参考にさせていただきます。Eメールでも結構です。

いただいた「一〇〇字書評」は、新聞・雑誌等に紹介させていただくことがあります。その場合はお礼として特製図書カードを差し上げます。

前ページの原稿用紙に書評をお書きの上、切り取り、左記までお送り下さい。宛先の住所は不要です。

なお、ご記入いただいたお名前、ご住所等は、書評紹介の事前了解、謝礼のお届けのためだけに利用し、そのほかの目的のために利用することはありません。

〒一〇一-八七〇一
祥伝社黄金文庫編集長　吉田浩行
☎〇三（三二六五）二〇八四
ohgon@shodensha.co.jp

祥伝社ホームページの「ブックレビュー」からも、書けるようになりました。
http://www.shodensha.co.jp/bookreview/

祥伝社黄金文庫

誰《だれ》のために愛《あい》するか

平成 27 年 7 月 30 日　初版第 1 刷発行

著　者　曽野綾子《そのあやこ》

発行者　竹内和芳

発行所　祥伝社《しょうでんしゃ》

〒101－8701
東京都千代田区神田神保町 3－3
電話　03（3265）2084（編集部）
電話　03（3265）2081（販売部）
電話　03（3265）3622（業務部）
http://www.shodensha.co.jp/

印刷所　堀内印刷

製本所　ナショナル製本

造本には十分注意しておりますが、万一、落丁・乱丁などの不良品がありましたら、「業務部」あてにお送り下さい。送料小社負担にてお取り替えいたします。ただし、古書店で購入されたものについてはお取り替え出来ません。

　ISBN978-4-396-31671-6 C0195